お星さまを夢見た公園猫
チャトの物語

板川　文子

目次

一、めざめ

まっ暗なやみの中、ぬくもりだけを感じる世界にいる。何か大きな温《あたた》かいものが、ぼくの体をおおってくれている。

あっ、体の先だけ、もぐもぐ動かせるぞ。夢中《むちゅう》で動かしてみると、やわらかいものにすいついた。一生けんめいチュッチュッ、とすう。おなかがみたされたら、温《あたた》かい体がぼくをやさしく包《つつ》みこみ、体じゅうをなめてくれる。

いい気持ち……。何も見えないけれども、心の中からうっとりとした気持ちがこみ上げてくる。ふわぁ、ねむい……。

またおなかがへると、体が自然《しぜん》に動き、においをたよりにやわらかいすいつき口にたどりつく。

夢中《むちゅう》でチュウチュウすって、ぼくはごきげん……。

ドン！　あれっ、何かにぼくはおしのけられたぞ。何かにぼくのすいつき口をとられたようだ。はいつくばって、よたよたと別《べつ》のすいつき口に移動《いどう》する。ふんわりとしたふくらみをかわるがわるおして、チュパ、チュパ……。けど、おいしい液体《えきたい》がなかなか出てこない。キュッキュ、キュッキュとおし続《つづ》けると、少しずつおいしいしるが出てきたから、またチュウチュウチュウすう。

「いいぞ、その調子。飲め、いっぱい飲んで生きるんだ」

体の中で、ぼくは何かによびかけられた。そのささやき声が、ぼくの生きる力をめざめさせてくれた。

ドーンと、また何かがぶつかってきた。けど、負けるものか。ここはぼくの命の元なんだ。おまえなんかにわたすものか。

まっ暗な世界で、体をめいっぱい動かしもがく。それは生きるため。

生きる。この先何があっても、何かにじゃまされようとも生きる。だって、ぼくはいつもぼくをやさしく包《つつ》んでくれる、大きなものに守られているのだから。

ぼくは何者なの？　いったいどんな姿《すがた》かたちをしているの？

ある日、そう、ある日突然《とつぜん》、暗やみに光がさしこんだ。

まぶしい！　まわりの景色《けしき》が光の中にぼんやりとうかび上がってくる。

ぼくをずっと包《つつ》んでくれていたものは何？　目の前がいっぱいになるくらい大きな体が見える。ぼくにやさしいまなざしを向け、開いたばかりのぼくの目をなめてくれる。

その胸《むね》にすっぽりと包まれると、おいしい液体《えきたい》を出してくれる丸いものがせまってくる。

これ、ぼくのすいつき口だね。丸くてやわらかい。いいにおい……。

初めて目を開けて、温《あたた》かい液体《えきたい》を飲む。いっぱい飲んで、おなかがポンポコになる。

あっ、ぼくのからだ、へんな形。なんか丸いし、からだの先に動くものがついている。

ひゃあ、これがぼく？　まじまじと自分のからだを見つめ、先についている小さいものをプルプル動かしてみる。

おもしろいなあ、ぼくのからだ……。

まわりをみわたすと、何か丸いものがころがっている。

わっ、わっ！　な、何だ、こいつは？

そうか、こいつが意地悪《いじわる》していたやつか！　今までさんざん、ぼくのすいつき口を横取りしにきたやつだ。やっと正体をつかんだぞ。

ぼくと同じ形だけど、色がちがうじゃないか。あやしいやつめ。

そいつが目をさまして、ぼくを見る。口をいっぱいに開けて何かをつたえている。

ぼくもそいつをにらんで、口を開いてさけんでみる。負けないぞ！

ぎょっ、そいつがこっちへすりよってくる。やだ、来るな。顔と顔がくっつく。

なんだか変《へん》な顔したやつだな。なさけないような、しょんぼり顔。けれども、体がふれあうとぬくもりを感じ、ぼくと同じにおいがしている。こいつは敵《てき》ではないかも……。くっついているだけでほっとする。

それからは、いつもそいつに体をすりよせた。いっしょにおいしい液体《えきたい》を飲み、上になったり下になったりして、くっついているうちねむりに落ちていた。


それからしばらくすると、ぼくの世界はにぎやかになった。

「ミャアミャア」、というかん高い声で目がさめた。その声に答えて、大きなほうも「ニャオ～ン」、と鳴いている。

ぼくもまねして、声をはりあげた。自分もミャアミャアと鳴いていたんだ。

「ぼうや、ママよ。おっぱいをいっぱい飲んで、大きく元気に育つのよ」

「ママ？　おっぱい？」

ぼくの守り神がママで、飲んでいたおいしい液体《えきたい》がおっぱい。ママがいて、ママのおっぱいを飲めば生きられる。ぼくは初めて、生きるための知恵をつけた。

「ママ、あいつは何？」

「ぼうやのお兄ちゃんよ。いつもいっしょにいて、仲《なか》よくするのよ。ここでは兄弟助け合って、生きなければならないの」

一、めざめ

ぼくのお兄ちゃん？　ママと同じくらいお兄ちゃんも大切なの？

お兄ちゃんは、ぼくのライバル。いつもよく出るおっぱいをとられてしまう。けれども、気がつくとお兄ちゃんのあとをおっている。横にいないと不安でたまらない。

ぼくたちはミャアミャア鳴いて、ママにおっぱいをねだった。おなかがいっぱいになると、何とも言えないみちたりた気分でねむりについた。

二、ママと兄

足をプルプル動かして歩けるようになるにつれ、ぼくの世界は毎日広がっていく。目にうつるもの、耳に聞こえる音、すべてが新鮮《しんせん》で輝《かがや》いて見える。

「ママ、チュンチュンと鳴くのは何？」

「すずめよ。小さい鳥だからかわいいね。でも、真っ黒の大きな鳥、カラスがとんできたら、すぐ草むらにかくれるのよ。カラスは子猫《こねこ》をねらっているから、とても危険《きけん》な鳥なの」

ママが少しきつい目になって答えた。

お兄ちゃんは、しっかりとした足どりで歩き始めた。ときどき、兄はママの目をぬすんでねぐらの外へ行こうとするので、ママに首をくわえられて連れもどされている。そして、おっぱいもぼくの二倍ほどよくばって飲んでいるから、ぼくよりひと回り大きいのだ。

ぼくはまだ、おなかが地面にすりそうで、よたよたとしか歩けない。

お兄ちゃんのしょんぼり顔が、お目目ぱっちりの愛《あい》くるしい顔に変《か》わっている。もう変《へん》な顔じゃない。ぼくの顔もかわいくなっているのかしら？

ぼくたちは、自由に走り回れるくらいしっかりしてきた。朝、ねぐらからとび出し、すぐ近くに広がる草むらで取っ組み合いをして遊ぶ。何度も兄にぶつかっていくのだが、いつもぼくがひっくり返しにされて負けてしまう。

「チビは弱くて相手にならないや」

お兄ちゃんはぼくのことをチビとよぶ。ママもぼくのことをぼうやとか、チビちゃんとかよぶからだ。

ママがやられっぱなしのぼくを見て、ため息をついた。

「おチビちゃん、強くならないと狩《か》りもできないわ。どうしてお兄ちゃんと、こんなに性格《せいかく》までちがうのかしら。お兄ちゃん、チビがこまっていたら助けてあげてね」

「うん、ママ。いつもチビといっしょにいるからだいじょうぶだよ」

そう、たよりになるお兄ちゃん。ママと兄がそばにいれば、何もこわくなかった。

毎日、ママと兄を見ているうち、ぼくは不思議《ふしぎ》なことに気がついた。それぞれ体の毛色、もようが全くちがうということだ。ママは三つの色をちょうどいいぐあいに配分《はいぶん》して、体にまとっている。お兄ちゃんはまっ白な地に、きらりと光る銀色のしまもようを背中《せなか》一面にはりつけている。そしてぼくは、ママのもつ一色で体じゅうがしまもようになっている。お外の光をあびると、全身がお日さまの色に輝《かがや》いて、自分でもうっとりすることがあるよ。

ぼくたち兄弟は外見から内面まで、全くといっていいほど、似《に》た所がなかった。

お兄ちゃんはこわいもの知らずで、何でもすばやくやってのける。それなのに、ぼくときたらこわがりで、何をするのもどんくさく、ママにくっついている。

それでもママは、ぼくたちを分けへだてなく、大切に愛情《あいじょう》いっぱい育ててくれた。おいしいおっぱいをせがめば飲ませてくれたし、体じゅうていねいになめてくれた。ママに毛づくろいしてもらってねむりにつくことがいつまでも続く、と信《しん》じていた。


お兄ちゃんの顔は、だんだんママに似《に》てきた。目が大きくて、きりっとしてかっこいい。

「ぼ、ぼくもママに似てる？」

ママが、ぼくと兄を見くらべながら答えた。

「そうね、ぼうやはパパにそっくりだわね。パパと目の色も、美しい毛色も同じよ」

「パパ？　パパって何？」

「パパはこの公園にはいないの。でも、この近くで私のことを待っていてくれるの」

ママの表情《ひょうじょう》がふっとかげり、ぼくを不安にした。パパって何なのかわからなかったけど、もうパパのことは聞かないでおこう。ぼくにはママと兄がそばにいるだけでよかった。

「ママ、体におちてくるつめたいものは何？」
「それは雨よ。ぬれるとカゼをひくから、ふってきたらねぐらへもどるか、大きな木の下のヤブにかくれているのよ。

ここでは知恵をつけないと生きていけないの。本能《ほんのう》で危険《きけん》を感じとって、きびしい自然《しぜん》や外敵《がいてき》に立ち向かっていかなければならないのよ」

ママはたくさんのことを教えてくれた。ぼくたちがくらしているのは大きな公園で、他にもたくさんの猫《ねこ》がいること。それから、公園を散歩《さんぽ》したり、家族で遊んだりするために、人もたくさんやって来ることも……。

ぼくたちはママの教えてくれることを理解《りかい》しようと、一生けんめいに言葉をおぼえた。

ぼく、猫だったの。からだはくねくねやわらかいから、ちゃんと自分で、すみずみまで毛づくろいできる。ジャンプの練習は毎日しているし、すばやく走れるようにもなった。次は、木登りができるようにしたいな。

ぼくたちの公園でのくらしは始まったばかり。こ

こがどんな所で、他の猫たちがどんなふうで、人って何だろう？　好奇心《こうきしん》は外の世界へ向けて、かぎりなく広がっていった。

三、天の川の星プロジェクト

公園で生まれた美しい毛並《けな》みをもつ茶トラ猫が、生後《せいご》二ヶ月近くに育ったころ——

ここは、はるかかなたの星の世界。

七月のなかばすぎ、星の大王様が重要《じゅうよう》なプロジェクトを発表するため、すべての星座《せいざ》の神様を召集《しょうしゅう》した。大王様の星座《せいざ》ステーションには、それぞれの星座《せいざ》の冠《かんむり》をつけた神様たちが集まっていた。星の大王様が会議場《かいぎじょう》に入り、中央のひときわりっぱなイスにすわった。

議長役《ぎちょうやく》のはくちょう座の神様が、あいさつと議題《ぎだい》の説明《せつめい》を始めた。

「星座《せいざ》代表のみな様、本日はおいそがしいところをお集まりくださり、ありがとうございます。

近ごろ、天の川がよく見えない、という苦情《くじょう》がひんぱんに寄《よ》せられています。今月の七夕《たなばた》の後も、『天の川が暗くては、おりひめ星とひこ星が会えないのではないか』、という心配《しんぱい》の声を数多く耳にしました。夏に、そして最大《さいだい》のイベントである七夕《たなばた》の夜に、天の川が見えにくいようでは、星の世界の一大事と言わざるをえません。

そこで、星の大王様がこの問題を解決《かいけつ》するため、新たに二万個の星をたんじょうさせる《天の川の星プロジェクト》を考えました。今日は、みな様にこの計画《けいかく》についてのご承認《しょうにん》とご協力《きょうりょく》をおねがいしたいと思います」

「いったいどのようにして、二万個もの星をたんじょうさせるのですか？」

さそり座の神様が目を丸くしてたずねた。

星の大王様はみんなに向かって、計画《けいかく》の内容を説明《せつめい》した。

「地球上《ちきゅうじょう》には、黄金色《おうごんいろ》をした猫がたくさんいます。この星座《せいざ》ステーションで働《はたら》く超《ちょう》エリート科学者たちが、猫の姿《すがた》を星に変《か》えるという、とてつもない薬の開発に成功《せいこう》したのです。銀河船《ぎんがせん》に乗せた猫を特殊《とくしゅ》な催眠《さいみん》ガスによって星の姿《すがた》にして、天の川へと送り出すのです。天の川にはたくさんの新星《しんせい》が生まれるので、明るく輝《かがや》いて見えるようになるのです」

「それはすばらしい計画《けいかく》です」

わし座とこと座の神様が、同時にさけんだ。わし座にはひこ星、こと座にはおりひめ星があり、天の川の問題が解決《かいけつ》されるならば、とてもありがたいことなのだ。

「ちょ、ちょっとまってください。なぜ、頭の悪い猫なんか使うのですか？　猫なんて、ねてばかりいる何のとりえもない生き物ですよ。おまけに、自己《じこ》中心の生活を送っているから、プロジェクトという集団《しゅうだん》行動をまかせるのは、むりではないでしょうか」

おおいぬ座の神様が、あわてたようすで反論《はんろん》し、納得《なっとく》できないという顔つきだ。

これを受けて、星の大王様は猫の重要性《じゅうようせい》をのべた。

「ある日、地球という惑星《わくせい》を見たとき、ピカピカ光る星のようなものがちらばっているのが見えました。特殊《とくしゅ》な望遠鏡《ぼうえんきょう》でのぞいてみると、黄金色《おうごんいろ》の猫が、目とからだ全体から強烈《きょうれつ》な光をはなっていたのです。あの輝《かがや》き方は星にもおとらないくらい美しいものでした。

たしかに、猫は集団《しゅうだん》行動することができませんが、ノラ猫はおたがい助け合って生きています。世界中からノラ猫だけを集めて、集団《しゅうだん》行動ができるように、数ヶ月訓練《くんれん》する予定です」

「星の世界で、猫がそんなにも役に立つ動物だとはぞんじませんでした。私も大賛成《さんせい》です」

おおいぬ座の代表が、考えを改《あらた》めてうなずいた。

「あの〜、ひとつ質問《しつもん》があるのですが……」

やぎ座の神様が、おずおずと手をあげた。

「猫を星にするなんて、動物愛護《あいご》の団体から非難《ひなん》されませんか？」

これに対して、議長《ぎちょう》が大王様のかわりに答えた。

「そもそもノラ猫の寿命《じゅみょう》は、飼《か》い猫とはくらべものにならないほど短くて、五年前後だと言われています。星の世界に来るまでの三年間を元気に楽しく生きられるように、猫に特別《とくべつ》な能力《のうりょく》をあたえるのです。そして、このプロジェクトに選《えら》ばれたこと自体がたいへん名誉《めいよ》なことだと、猫に言い聞かせるのです。地上でノラ猫としての寿命《じゅみょう》をまっとうした猫は、銀河船《ぎんがせん》の中でよみがえり、星になることによって、何万年もその命を輝《かがや》かせることができるのです。猫としての魂《たましい》は生き続けるから、空から自分たちのくらした地上を見守っているのです」

「では、猫たちはけっして不幸《ふこう》にはならないのですね。それならばプロジェクトに異議《いぎ》はありません」

やぎ座の神様も、ほっとしたように言った。

これに続いて、他の星座《せいざ》の代表者たちも、いっせいに賛成《さんせい》する声をあげた。

「みなさん、ありがとうございます。猫集めと、銀河船《ぎんがせん》の造船《ぞうせん》がおもな仕事です。銀河船《ぎんがせん》の完成には三年以上かかるでしょうから、プロジェクトの決行日《けっこうび》は、四年後の七月七日といたします。星の世界の繁栄《はんえい》のために、みんなで協力《きょうりょく》して成功《せいこう》させましょう」

星の大王様は力強い調子で言って、みんなに向かっておじぎをした。

「それでは、星座《せいざ》ごとに担当《たんとう》する仕事を発表します。銀河船《ぎんがせん》の設計《せっけい》は、すぐれた頭脳《ずのう》をもつ科学者と設計士《せっけいし》にまかせました。造船《ぞうせん》はオリオン座を中心に、冬の星座《せいざ》が担当《たんとう》してください」

議長《ぎちょう》が発言すると、オリオン座の代表は、少し緊張《きんちょう》した顔つきで返事した。

「大役をまかされ光栄《こうえい》です。冬の星座《せいざ》の総力《そうりょく》をあげて、銀河船《ぎんがせん》を造《つく》ります」

「また、猫集めの仕事につきましては、地域《ちいき》ごとの担当《たんとう》を決めました。

こと座は、アメリカ担当《たんとう》で二千匹を集めてください。わし座は、中国担当《たんとう》で千匹。さそさそり座は、フランス担当《たんとう》で千匹。おとめ座は、日本担当《たんとう》で千匹。……。……」

という具合に、二万匹の分担《ぶんたん》が決まっていった。

「猫集めのマニュアルをよく読んで、まちがいのないように、茶トラオスのノラ猫だけを集めてください。それには茶トラ猫探知機《たんちき》と、バッチと特別《とくべつ》な薬が必要《ひつよう》ですので、もち帰ってください。たいへん手間のかかる作業になると思いますが、よろしくおねがいします」

会議は無事《ぶじ》に終わり、プロジェクトの仕事が決まった神様たちは、それぞれの星座《せいざ》に帰っていった。


日本の担当《たんとう》に決まったおとめ座の神様は、すぐに兄妹星人《きょうだいせいじん》のピコとポコをよんで、猫集めの仕事をまかせることにした。とくにかしこく、仕事熱心《ねっしん》な二人を選《えら》んだのだ。

「ピコとポコ、地球という惑星《わくせい》にある日本の国で、猫を集める仕事をまかされた。天の川の星プロジェクトに必要《ひつよう》な猫集めは、とても重要《じゅうよう》な仕事なのだ。ピコは西日本、ポコは東日本へ向かい、今年のくれまでに、それぞれ五百匹ずつ集めてほしい。日本は自然《しぜん》がいっぱいの美しい国だから、きっと楽しく仕事ができるだろう」

これを聞いたピコとポコは、手を取り合ってジャンプした。

「わあ、何てすてきな仕事でしょう！　ぼくたち星の世界から出たことがなかったので、遠い惑星《わくせい》に行けるなんて夢《ゆめ》のようです」

兄のポコが目を輝《かがや》かせながら言った。

「神様ありがとうございます。私たち、力のかぎりがんばります。ところで、猫という生き物、本や映像《えいぞう》は見たことあるのですが……。顔がちょっとこわくて、歯をむいてシャ〜、ってにらむやつですね。するどいツメや猫パンチで攻撃《こうげき》されませんか？」

妹のピコは冷静《れいせい》さを取りもどして、神様にたずねた。

「だいじょうぶさ。猫は警戒心《けいかいしん》が強いけれども、凶暴《きょうぼう》ではないからね。とても愛《あい》らしい生き物だよ」

神様が答え、猫集めのマニュアルをピコとポコの前で読み出した。

「まず、茶トラ猫探知機《たんちき》を使って、全身茶トラのオス猫をさがす。茶トラ猫でも毛色が黄金色《おうごんいろ》に近いほどよいが、足の先やあご、しっぽに白色がまじっていてもよい。飼《か》い主のいないノラ猫であることを確認《かくにん》できたら、くわしい話をして、星の世界に来ることを承知《しょうち》してもらう。次に、選《えら》んだ猫の胸《むね》にバッチをうめこむ。このバッチには、いろいろな秘密《ひみつ》の機能《きのう》がかくされているからね。その後、猫に三年間は元気にすごせる薬を飲ませる。さらに、星の世界に来るごほうびとして、二つの特別《とくべつ》な能力《のうりょく》が使えることを、ちゃんと猫に理解《りかい》できるように説明《せつめい》する。特別《とくべつ》な能力《のうりょく》については、マニュアルに書いてあるから、それを読めばわかってもらえるはずだよ」

ポコがあわててたずねた。

「ノラ猫と飼《か》い猫を、どのようにして見分けるのですか？」

「そうそう、見分けるためのポイントを説明《せつめい》しわすれたよ」

神様は、一番の難題《なんだい》についてつけくわえた。

「首輪《くびわ》をつけているのは飼い猫。首輪《くびわ》なしで町や道をうろうろしている猫は、ノラ猫だと思われるので、『おうちはどこにあるの？』、と質問《しつもん》してみなさい。おうちが公園・神社、人の家のえんの下、空き地、定《さだ》まってない、と答えたら、ノラ猫。かりに、おうちがちゃんとあると答えた猫には、さらに、『飼い主の名前は？　その人といっしょにくらしているのか？』、と聞きなさい。おうちがなく、人といっしょにくらしていないのがノラ猫ということだ」

「むずかしそうだけど、ノラ猫だけをつかまえないといけないのですね」

「そうだよ、飼い猫をつかまえたりしたら大変《たいへん》なことになるから、気をつけてくれ。ピコとポコは、おとめ座星人《ざせいじん》の中で一番優秀《ゆうしゅう》なのだから、きっとうまくいくよ」

「まかせてください。必ず千匹の猫を集めてきます」

ピコとポコは顔を見合わせ、元気よく返事した。

次の日から、ピコとポコは日本の情報《じょうほう》、特に猫事情《ねこじじょう》をくわしく調べ、長期間の旅の準備《じゅんび》にとりかかった。そして、日本地図と宇宙《うちゅう》ネットの情報《じょうほう》を見て、ルートを決めた。

ポコは日本一の大都市である東京をくわしく調べ、東京の下町にはたくさんのノラ猫がいるという情報《じょうほう》をえた。そこで、まず東京におりて、それから東海地方から名古屋《なごや》まで旅をして、北の地方には行かないことにした。

いっぽう、ピコは西日本の中で、瀬戸内海《せとないかい》には猫島として有名な島があることや、中国地方には猫で有名な観光《かんこう》都市があることを調べた。それで、瀬戸内海《せとないかい》、中国地方、近畿《きんき》地方の順番《じゅんばん》に旅することにした。


七月三十日、ピコとポコは、必要《ひつよう》なものをすべてつめこんだ小型《こがた》ロケットに乗りこみ、地球へ向けて出発した。ロケットの中で、ポコがピコに話しかけた。

「ピコ、日本の夏は猛烈《もうれつ》な暑さだから、夏の昼間はロケットから出たらだめだよ。夜でも特別《とくべつ》な温度調節《おんどちょうせつ》のマントを着るのをわすれずにね。ひと月ごとに連絡《れんらく》を取り合おう。星へ帰る日は、どこでまち合わせる？」

ピコは日本地図をモニターに映《うつ》してみた。すると、自分の旅の終わるあたりに、大きな湖《みずうみ》があることに気づいた。

「この大きな湖の一番南にある港にしよう。十二月三十一日の夜九時でいいね」

「了解《りょうかい》。五ヶ月もの長旅になるから、体に気をつけてがんばろうね。

ピコ、地球が見えてきたよ。わあ～、青くてなんてきれいな惑星《わくせい》なの」

ピコもポコも、すっかり旅行気分になって、わくわくしてきた。

しばらくすると日本列島が見えてきたので、ロケットは二つに分離《ぶんり》して、ポコは東へピコは西へと、スピードを上げてとんでいった。

四、公園の猫たち

ぼくたち兄弟は、毎日元気いっぱい遊び、ママといっしょにのんびりとすごしていた。

ギラギラとお日さまがてりつける暑い日、ママが言った。

「ぼうやたちも、公園に住む猫たちの仲間《なかま》に入れてもらわないといけないころね。みんなと仲《なか》よく助け合っていかないと、きびしい公園の冬をのりきれないの。食べ物のもらい方、外敵《がいてき》からの身の守り方を学んで、野生の本能《ほんのう》をとぎすますこともおぼえなきゃ」

「……？　ママの言ってること、難《むずか》しすぎてわかんないや」

お兄ちゃんがとまどったように口をはさんだ。ぼくだって、さっぱりわかんない。

「そうね、まだ難《むずか》しいかな。まずは、猫社会のきまりをおぼえることから始めましょう。猫社会の一番上にいるのがボス。だから、ボスの言うことには従《したが》わなければいけないの。猫どうし守らなければならないルールもたくさんあるから、けっこう厳《きび》しい社会ね。

明日の満月《まんげつ》の夜に、月に一度の大きな集会が広場で開かれるから、そこへ行って、ぼうやたちをみんなに紹介《しょうかい》するわ」

「しゅ、集会って何？」

「みんなで集まって、公園の安全確認《かくにん》と情報交換《じょうほうこうかん》しあうのよ。ボスを中心に、公園で仲よくくらすルールを決めることもあるから、とても大切な行事なのよ」

ママとお兄ちゃんとぼくだけのくらしが終わってしまうのは、ちょっとさみしい気もするけど、外の世界ってどんなふうなのかしら？　猫社会のきまりって難《むずか》しいのかな？

ぼくは一日じゅう、好奇心《こうきしん》と不安の入りまじった気持ちですごした。

次の夜、ぼくたちはママにつれ出されて、ねぐらを出発した。草むらをぬけて、はじめてこんなにたくさん歩いたのだ。ぼくは、よたよたしておくれそうになってしまった。

「もっとゆっくり歩いてよ。知らない道はこわくて、うまく歩けないよ」

「だいじょうぶ、待っているから。今日のママ、ピリピリしてなんだかいつもとちがうね」

もたもたしているぼくを心配《しんぱい》して、兄が声をかけてくれた。

「みんなの仲間《なかま》にいれてもらうために、ママのあとについてしっかりあいさつしてね」

ママは少しきびしい口調《くちょう》でよびかけた。

たくさんの猫の仲間《なかま》入りなんて、ぼくにできるのかな？　胸《むね》がドキドキと波打《なみう》っている。

ママのあとをついて広い道を登って行くと、ようやく開けた場所が見えてきた。

「集会所に着いたよ、たくさん歩けたね。月にてらされた広場が見えるでしょ」

ママがいつもの優《やさ》しい声にもどって、ぼくたちを見た。

ぼくはママより大きいたくさんの猫が、ゆったりとくつろぐ姿《すがた》をはじめて目にした。

「ママ～、いろんな猫さんがいるねえ」

兄は興奮《こうふん》して、ミャアミャアとかん高い声で鳴いたが、ぼくはこわくて体がすくんだ。

ママは、後にくっついてかくれているぼくを前におし出して、みんなに向かって言った。

「二ヶ月半になった私の子どもたち、二匹ともオスです。これからみんなの仲間《なかま》に入れるように教えていくので、どうぞよろしくおねがいします」

ぼくたちのまわりに、かわるがわる大人の猫が近づいてきて、体じゅうのにおいをかぎまわっていく。ぼくは小さく丸まって、後ずさりするばかりだ。こわくて耳が後にぺたんとはりついて、体のふるえが止まらない。ぼくのしっぽは、ボンボンにふくらんできた。

まだ若そうな黒猫も、ぼくたちに近づいて、鼻をくっつけてきた。

「ちっちゃい子猫《こねこ》ちゃん、仲《なか》よくしてあげるよ。公園のくらし、教えてあげるから」

「ミャ、ミャア（よ、よろしくです）」、とお兄ちゃんは、黒目を大きく開いて鳴いた。

「タビちゃん、ありがとう。いろいろ教えてやってね」

ママは、四本の足先だけがまっ白な黒猫にお礼を言った。

「ママ〜、みんな優《やさ》しい声であいさつしてくれているみたいだよ。それにさ、それぞれの猫さんの毛色がちがうからおもしろいねえ」

「まあ、お兄ちゃんは大胆《だいたん》……。あれならすぐに、みんなと仲よくやっていけそう。それにくらべて、弟はずっと私の後にかくれたまま。おく病で弱虫さん」

ひときわ大きな猫が現われたので、ぼくはこわくて、またママにぴったりとくっついた。

「この公園のボス猫のコテツさんよ。子猫《こねこ》がこの公園で生きていくためには、コテツさんの言うことをよく聞いて、いい子にしていなければならないのよ」

ママはコテツさんのほうへ歩みより、頭を下げた。

「私の子どもたちをよろしくおねがいします。こっちが兄で、かくれているチビが弟です」

巨大《きょだい》なボス猫は、ぼくたちをちらっと見た。

ぎょっ、でかい！　こ、こっちに来ないでよ〜。

ボス猫はそれ以上は近づかないで、みんなに向かって号令《ごうれい》をかけた。

「それでは、これから集会を始める。オス猫はこっちに集まって、パトロールに出発だ」

オス猫たちは一列にならんで、公園内の奥《おく》へと進んで行った。メス猫たちは輪《わ》になっておしゃべりを始めたので、ぼくたちはママの横で聞いていた。

黒白のメス猫がママに話しかけた。

「かわいい子ども、二匹とも育ってよかったわね。ミケさん以外《いがい》はみんな子どもができないようにされたから、うらやましいわ」

「あとひと月で親ばなれさせる予定よ。今教育しているところだけど、弟の方が小さくて弱虫だから心配《しんぱい》なの。クロミさん、うちの子たちがこまっていたら、助けてもらえないかしら」

ママがおねがいすると、クロミさんという黒白の猫は、にっこりとうなずいた。

「ありがとう、心強いわ。それとクロミさん、食事は十分とれている？」

「ええ、夜の食事以外《いがい》に、午前中も綾乃《あやの》さんという女の人が、おいしいかんづめを持ってきてくれるから、ごちそうを食べられるわ。私たち、地域猫《ちいきねこ》とやらいうものになったから、ちゃんと食事の世話に来てくれる人も決まったみたい。ありがたいことね。子どもがうめなくなったけど、がまんしなきゃ」

「私、人がきらいだから、昼間はずっとねぐらで身をかくしていたでしょ。だから綾乃《あやの》さんって人、よく知らないの。こわくない人？」

ママが声をひそめてたずねた。

「綾乃《あやの》さんは、一才になるナツ、ミルク、タビを特《とく》にかわいがっているわ。やさしい人よ」

「そう、いい人なのね。私も綾乃《あやの》さんに会って、ごはんをもらってみるわ」

ママの顔がほっとゆるんだ。

クロミさんの言葉は理解《りかい》できなかったが、ママはクロミさんと、とても仲がよいみたいだ。クロミさんは愛《あい》きょうのある顔で、親しみやすそうなおばさんだ。メス猫さんたちは、みんなやさしそうに見えた。

やがて、オス猫たちがさっそうとパトロールからもどってきた。

その後、猫たちは真剣《しんけん》な顔をして話し合っていた。何を話しているのかその時はさっぱりわからなかったが、公園に猫をいじめる人が来ていないか、害《がい》を加える犬がいないか、他にも危険《きけん》なことはないかというようなことだ、とずいぶん後で知った。

ひと月に一度の満月《まんげつ》の夜に開かれる猫の集会は、自分たちの安全を守るために必要《ひつよう》な行事だということも、大人になってわかったことだ。

「おつかれさま。これで集会を終わる」

ボスの合図で、猫たちは自分のねぐらへ引き上げていった。

ボス猫は、ぼくたちの方を見ながらゆっくりと帰っていった。


「ねえ、ママ～。ぼく変《へん》なことに気づいたの」

ねぐらへもどると、兄がママに話しかけた。

「ママのしっぽ、とちゅうでおれ曲がっていて短いねえ。大人の猫さんたち、みんなピンと長いしっぽだったよ。ぼくたちのしっぽも長いのに、ママだけ変《へん》なの」

「ママは生まれつきこんな曲がった短いしっぽなの。仕方ないでしょ。猫は体の毛色も種類《しゅるい》によってちがうし、それぞれ個性《こせい》があるの。私は三毛猫、お兄ちゃんはサバ白猫、チビちゃんは茶トラ。親子なのにバラバラでしょ」

ぼくたちはしばらくの間、興奮状態《こうふんじょうたい》で目がさえていた。ママが体をなめてくれたので、気持ちよくなってうとうとし始めると、ママが何かつぶやいているのが聞こえてきた。

「ぼうやたちも、公園猫の仲間《なかま》入りができそうだわ。子どもたちに公園で生きのびるすべを教え終わったら、私もここを出ていこう。かわいい盛《さか》りの子どもたちと別《わか》れるのは本当につらいけど、パパはひとりぼっちで私の来るのを待っているはずだから……。もうすぐお乳《ちち》も出なくなるから、綾乃《あやの》さんっていう人にも子どもを見せて、ちゃんとごはんがもらえるようにしておかないとね。まだ教えることは山ほどあるわ」

ぼくはねぼけながら、ママのうでの中でムニャムニャ言った。

「ママ〜、ぼく公園猫になったのね」

「そうよ、ここで強く生きられるようになってね」

五、ぼくの名前は「チャト」

ママは朝から晩《ばん》まで、ほとんどぼくたちといっしょにねぐらにいてくれたのに、集会へ行った次の日から、朝ぼくたちにおっぱいを飲ませたあと、出かけるようになった。すぐに帰ってくるのだが、何か食べてきたようだ。顔を近づけると、おいしいにおいがする。ママだけずるい。ねぐらの近くで遊び回ると、ママのおっぱいだけじゃ足りないよ。


数日後、ママが朝からはりきっていた。

「さあ、今日から人にごはんをもらうの。綾乃《あやの》さんっていう女の人が、ナツやミルクにごはんを持ってくるから、私たちにも分けてもらうのよ。ママは綾乃《あやの》さんによくしてもらっているから、ぼうやたちのこともきっと気に入ってくれるわ。あの人はこわくないわよ」

ぼくたちはねぐらの近くを通る人を見てはいるが、まだそばまで近づいたことはない。

ぼくたちはママの後をとことこ歩いて、大きな道の横にあるベンチの下のヤブに身をかくした。ベンチの近くに二匹の猫がやって来たとき、人が近づいてきて声をかけた。

「ナツにミルク、今日はいい天気ね。あらっ、ミケちゃんも元気そう」

これが綾乃《あやの》さん？　近くで見ると、人ってでかい！

ぼくたちはヤブの中でもぞもぞ動いて、こわいものみたさにヤブから出かかった。

あっ、その人がぼくたちに気がついた。わっ、こっちに近づいて来るぞ。

ぼくたちは、おずおずと上目づかいにその人を見た。

「ええっ！　子猫《こねこ》が二匹……。ミケちゃんだけつかまえられなかったから、子ども産《う》んでたのね。銀色のサバ白猫と、小さい茶トラ猫。ぱっちりお目目のかわいい猫だこと」

その人はびっくりしたような目で、ぼくたちの方をじっと見ている。

ぼくたちも大きな声にびびって、じりじり後ずさりして、またヤブにかくれた。

すぐに綾乃《あやの》さんは、ぼくたち親子の食べる分をはなれたところにおいてくれた。

ママがごはんを食べるのを後ろにかくれてじっと見ていたが、ママがニャ〜とぼくたちをごはんの方へおして、またニャ〜と合図した。最初はこわごわ口をつけていたが、たいそうおいしかったので、すぐに平らげてしまった。ママのほうをじっと見上げて、ミャ〜ミャ〜鳴いて、「うんま〜　もうおしまい？　もっとほしいよ〜」とあまえてみた。

「ミケちゃん、かわいい子猫《こねこ》、見せてくれてありがとう。いつでもつれてくるのよ。早く人になれた方がいいわ」

綾乃《あやの》さんはやさしそうなまなざしでぼくたちを見送って、声をかけてくれた。

「ママ～、あのごはん、おいしかった。もっと食べたかったのに……」

食いしんぼうの兄が、ママに顔をすりよせた。

「ママがもっと近くまでいっていたら、たくさんもらえたのにねえ」

「ママはねえ、人が好《す》きじゃないの。小さいころヤブにかくれていたら、子どもたちにぼうでつつかれて、『三毛だ。三毛猫がいる』、って追いかけまわされたの。だから、こわくって人には近づかないようにしているの。でも毎晩《まいばん》、猫たちみんなの食事の世話に来てくれる男の人と綾乃《あやの》さんだけは、信用《しんよう》できる人だわ」

「初めて近くで人を見たけど、明るい声で話しかけてくれたね。ぼくはこわくなかったよ」

お兄ちゃんはこわいもの知らずのようだ。

「人って大きすぎるから、こわかった。でも、猫さんたちはもうこわくないよ」

ぼくはママと同じで、おく病だ。

ぼくはかわいいメス猫さんに会えたことがうれしかった。こげ茶と黒のしま猫がナツ、白地に黒のブチ猫がミルクっていう名前だと、ママが教えてくれた。二匹とも去年、小さいときに公園に捨《す》てられた猫だということだが、捨てるってどういうことかわかんない。じゃれついたら遊んでもらえるかしら？　仲よしになりたいな。

ぼくたちは毎日ママにつれられて、道のところへ出ていくようになった。

「ナツを見つけたらそばにいるのよ。綾乃《あやの》さんは必ずナツってよんで、ごはんをやるから」

ママはぼくたちに教えた。

「ナッちゃん」

綾乃《あやの》さんがやって来て、ベンチの上で毛づくろいをしているナツに声をかけた。ベンチの下にはミルクとクロミさんがひかえ、その横に、ぼくたち親子が小さくなってならんでいた。

「ミケちゃんもこんにちは、コニャたちも元気そうね」

綾乃《あやの》さんがナツたちにごはんをやったあと、ぼくたち親子の分を用意してくれたので、うんま〜、うんま〜と鳴きながら食べ始めた。

綾乃《あやの》さんは、ぼくたち親子の食べるようすをじっと見つめている。

「かわいい親子に名前をつけなきゃ。ママはミケニャ〜でいいかな」

お兄ちゃんの方を見て、

「大きい方のサバ白猫は、銀のブチシマがきれいだから、ギンちゃん」

それから、ぼくの方を見て言った。

「小さい方は、なんかいつもおどおどしていて泣き虫猫ね。毛並《けな》みが金色に近いきれいな茶トラ猫だわ。この公園で、一番人目をひく美しい毛並《けな》み……。チャトにしよう」

「ミケニャ～、子どもたちの名前は、ギンとチャトにしたからね。毎日来ていいから。ギンとチャト、大きくなるのよ」

ぼくの名前がチャト？　ぼうやなんていうへんな名前よりずっといいや。茶トラ猫のチャトね。ぼくの心はルンルンとはずんでいた。


ママはねぐらにもどって、ぼくたちに話しかけた。

「ごはん、おいしかったね。名前もつけてもらえたし、綾乃《あやの》さんはきっとぼうやたちをかわいがってくれるわ。ギンにチャトだって。いい名前ね。よばれたらお返事するのよ。なるべくかわいい声で『ニャオ～ン』てね」

「ぼくがギンで、弟がチャトだね。ママはミケニャ～？　変《へん》な名前だニャ」

兄はすぐに名前をおぼえて、陽気《ようき》にママのしっぽの先を回っている。

その夜、綾乃《あやの》さんに名前をつけてもらったことがうれしくて、ぼくは夢《ゆめ》の中でも自分の名前をくり返していた。

「ぼくの名前はチャト、チャト……」

六、ママとの別《わか》れ

「ミケニャ～、ギンにチャト、今日もそろって来たねえ」

綾乃《あやの》さんはぼくたちの名前をよんで、おいしいごはんをおいてくれる。

ママは気をゆるしたのか、綾乃《あやの》さんの近くで食べている。ぼくはまだこわさが先にたつ。綾乃《あやの》さんが近づくと腰《こし》がひけて、おどおどしたように上目づかいで見上げながら、ごはんを食べる。少しでも近づかれると、いつでもにげられる体勢《たいせい》だ。


このころ、ママはぼくたちを公園のすみずみまで案内《あんない》して、安全な場所と危険《きけん》な場所を教えてくれていた。

今まではねぐらとえさ場しか知らなかったのに、公園はとても広くて、たくさんの施設《しせつ》や広場のあることがわかった。今日は東のはし、次の日は西のはしまでというように、ママは人気《ひとけ》のなくなった夜の公園を案内《あんない》してくれた。

「ここが公園の正面入り口。プールや運動場があるから人がたくさんやって来るの。子どもは猫をおい回すから、近づかないほうがいいわ。あっちに見えるのが休憩所《きゅうけいじょ》の広場よ」

公園の出入り口の車止めのところで車道を見て、ママは特《とく》に気をつけるように言った。

「公園の中には車は入れないから安全なの。この車止めの向こうは車が走ってくるから、ここから外へは出てはいけないのよ」

そのとき、車がちょうど走ってきて、ぼくはヴオ～ン、という音を聞いただけで体がすくみ、おそろしくなった。

「見たでしょ。車ははなれて見えていても、次の瞬間《しゅんかん》には目の前を通りすぎるの。すごいスピードでせまってくるから、あたったらはじきとばされるのよ」

「わかったよ、車はこわいんだね」

ギンとぼくは、ママの教えをしっかりと胸《むね》にきざんだ。


さらに次の日、ママはぼくたちを一番遠い北の方へつれて行った。

大きな広場を進み奥《おく》へと続く階段《かいだん》を上ると、広い林があった。昼間でも日が当らず、暗くてじめじめした場所だ。ましてや今は夜なので、ヒュ～ルと火の玉でもとんできそう。

「ママ～、歩きつかれちゃった。ずいぶん、じめじめした陰気《いんき》なところだねえ」

ぼくは息《いき》が切れて、ねをあげそうだ。

「もっと奥まで行くの。公園を出たところにある山の下まで行くのよ」

細い橋をわたって上へ登っていくと、木がうっそうとしげる山が見えた。

「ここから中へは一歩も入ったらいけないの。この山の中の森へは、人も犬も決して入らない。ここへ入ることのできるのは、死期《しき》のせまった猫だけなの。ノラ猫は人に死んだ姿《すがた》を見せないものなの。ただでさえ、猫は顔がこわい、目が光るのが気味《きみ》悪い、えんぎが悪い動物だと、けなされてきたの。道ばたや草の上で死んでいる猫を見つけたら、不気味《ぶきみ》だから公園に行きたくないって思うでしょ。だから、昔《むかし》から公園の猫たちは、この森を死に場所にしているの。（もう寿命《じゅみょう》がつきて、まもなく死ぬ）、と自らさとった猫は、のこった力をふりしぼってここまで歩いてきて、奥へ奥へと入っていくの。そして、大きな木の下のかれ草の上で、しずかな深いねむりに入り、安らかに生を終えるの。こうしてここで最期《さいご》をむかえるのが、この公園のならわしなの」

「ふう～ん、そうなの。ぼくたちも、いつかはここに来て死ぬんだね」

ギンは、おすまし顔で言った。

えっ、ギン。死ぬって何かわかってんの？　意味わかってないのに、お兄さんぶってわかったふりしてるよ。

ぼくは不気味《ぶきみ》に広がる暗い森を見て、ブルブルとふるえていた。

「まあ、チャト、今からこわがってどうするの。男の子なんだからしっかりしてね」

ママがあきれ顔で言った。

「グ、グシュン、こんな暗い森にひとりで入っていけないよ。死ぬって何？」

「まだまだ先の話だから、今はわからなくたってよいの」

ぼくは泣《な》きべそをかいて、ママを見上げた。

死ぬってどういうことなの？　あんなおそろしい場所、山の中の暗くて深い森には、絶対《ぜったい》に入りたくない。じゃあ、死ぬことがなければいいんだ。そう、ぼくは死なないぞ。


それからしばらくたった夜、ママはぼくたちの毛づくろいをていねいにしながら、しんみりとした声で話し始めた。ママの目が、ぼくたちをいとおしそうに見つめている。

「ママはねえ～、この公園を出てパパのところに行くわ。ぼうやたちはここにいるほうが安全だから、ずっとここでくらすのよ。もう私の教えることはすべて教えられたし、兄弟いっしょなら、きっと生きていけるわ」

「ママ～、行かないで。行くのなら、ぼくもつれていってよ～」

ぼくはわけがわからず、ママにしがみついてしゃくりあげた。ギンもあまりに突然《とつぜん》のママの言葉に、大粒《おおつぶ》の涙《なみだ》が止まらない。

「パパは放浪《ほうろう》の旅のとちゅう、この公園に流れて来たの。よそ者の若いオス猫は争《あらそ》いのもとになるからと、自らの意思で、ぼうやたちが生まれる前に公園を出て行ったのよ。でも、この近くで私を待っているからって、またいっしょにくらす約束《やくそく》をしているの。小さいぼうやたちをつれて公園を出れば、危険《きけん》な目にあうかもしれないから、つれていけないの。ごはんだって今みたいに食べられない」

「で、でもママがいないと生きていけないよ～」

ぼくは、さらにきつくママにだきついた。顔は涙でぐしゃぐしゃだ。

「パパ、どこかにいるの？　じゃあ、いつかきっと会えるね。ぼくはここでしっかり生きていくよ。ぼくがチャトを守らないといけないからね」

ギンは泣くのをやめて言った。

「ギンは頭がよくて度胸《どきょう》もあるけど、チャトは体も小さくて弱虫だから心配《しんぱい》なの。ギンがいつもそばにいてあげてね。それから、大事なことを言っておくから、よくおぼえておいて。

ママは人間がこわくてかくれてばかりいたけれど、それじゃあだめだって、あのナッツを見て思ったの。ナッツは小さいときに捨《す》てられたのに、持ち前の明るさですぐにみんなになじんで、公園にやって来る人たちからとてもかわいがられる猫になったの。

ぼうやたちには、公園に来た人をおもてなし、楽しませるような公園猫になってほしいの。公園を訪《おとず》れた人が猫によっていやされ、猫も人も幸せを感じられるのって、すてきなことよ。簡単《かんたん》に言えば、ナツやクロミさんのように、人になついてあまえられる猫になってね」

「わかった。ぼくはりっぱな公園猫になるよ」

兄のギンはきっぱりと言って、ママに約束《やくそく》した。

「フ、フニャ〜、グ、グッスン。ぼ、ぼくもがんばる」

ぼくも泣きながら答えた。

「それともう一つ。人には決して、猫パンチもカミカミもしないでね。凶暴《きょうぼう》な猫が一番きらわれるの。これから寒い冬がやって来るから、あたたかいおうちを見つけて入ってすごすのよ。かわいいぼうやたち、ギンとチャト、元気でね」

ママは、きっと兄弟助け合って生きてくれる、と信《しん》じていたのだろう。ぼくたちの姿《すがた》を、目にやきつけるようにじっと見つめたあと、公園の東の出入り口の方角へ走り去っていった。

ギンとぼくはママの後ろ姿《すがた》が見えなくなるまで、しっぽをふりつづけていた。

「さようなら、ママ。今までありがとう。ぼくたち、公園猫として生きるから」

ぼくの守り神だったママがいなくなり、たよれるものは兄のギンだけになった。

七、公園猫修行《しゅぎょう》

ママはいなくなったが、いつまでもめそめそしてはいられない。生きるためにママの教えを守っていこうと、ぼくたち兄弟は団結《だんけつ》していた。

毎日、ぼくたちはベンチの下のヤブで綾乃《あやの》さんを待っている。ナツ、ミルク、タビ、クロミさんもいっしょだ。ミルクはじゃれついたら遊んでくれるし、タビちゃんはプロレスのけいこをつけてくれる。長老《ちょうろう》猫のタマおじさんも、何かと役に立つことを教えてくれる。

クロミさんが教えてくれた。

「ギンにチャト、ママがいなくても心配《しんぱい》しなくていいのよ。助けてくれる仲間《なかま》の猫がついているわ。この前開かれた集会で、ボスのコテツさんがみんなによびかけたの。

『子猫《こねこ》たち、ギンとチャトのママが公園を去ったようだけど、まだ小さい兄弟がちゃんと生きていけるように、大人の猫たちが見守ってやろう。あの兄弟が公園で生まれた最後《さいご》の子猫《こねこ》になるからね。これから初めての冬もやって来るから、心細い思いをしないようにみんなで助けようじゃないか』、って。コテツさんはいかつい顔だからこわそうに見えるけど、みんなを守るやさしいボスなのよ」

コテツさんには、こわくて近づけなかったの。でも、ちゃんとぼくたちのこと、考えてくれていたんだ。公園の大人の猫たちも、みんなぼくたちの味方《みかた》なんだ。

綾乃《あやの》さんもママがいなくなったことに気づいて、毎日声をかけてくれる。

「ギンとチャトのママ、ミケニャ～はもう一週間、姿《すがた》を見ていないわ。子ばなれしてどこかへ行ったのかしら？　ママが恋《こい》しくてさみしいはずなのに、あんなに無邪気《むじゃき》にはしゃぎ回って……。今が遊びざかりで、とても仲よしのかわいい兄弟ね。ちゃんと生きていけるかどうか心配《しんぱい》だから、私も毎日世話するわ」

「ニャニャッ、（ぼくたちのこと、言ってるのかな）」

綾乃《あやの》さんはいい人だ。ぼく、綾乃《あやの》さんがつけてくれたチャトっていう名前、大好《だいす》き。毎日会いに来てね。

兄のギンは、ママの教えどおりナツにくっついて、公園猫の修行《しゅぎょう》にはげむようになっていた。ぼくはいつもヤブにかくれて、ナツとギンを見ている。

午後、公園には学校帰りの小学生のグループがやってくる。道に出ているナツを見つけると、背中《せなか》の荷物《にもつ》をベンチや道路において、ナツをみんなで取りかこむ。ナツは、みんなのひざのうえを回され取り合い状態《じょうたい》だ。ナツは目をうっすらととじて、のどを鳴らしていた。

ギンもちょっとはなれてナツのようすを見ていた。小さい子どもは「ネコ、ネコ」、とうるさいので、まだこわくて近づけないでいる。ギンはまだ人につかまえられたことがないけれども、ナツのように子どもたちと遊べるようになりたいと、一生けんめい見つめていたようだ。

一方、ぼくはギンが遊んでくれないので、お姉さん猫のミルクにじゃれついている。しっぽで遊んでもらったり、毛づくろいしてもらったり、まだまだぼくはあまえんぼうなの。ぼくたちは、おうちをもらった。猫ハウスを用意してくれるおじさんがいて、子猫《こねこ》がふえた分も、ちゃんと余分《よぶん》におうちを持ってきてくれたのだ。

ある晩《ばん》の夕食後、クロミさんが全身をねんいりに毛づくろいしていた。黒い体をピカピカにみがいている。少しはなれた所でも、他のメス猫たちが夢中《むちゅう》でお手入れ中だ。

「クロミさんやメス猫さんたち、やけにおしゃれしているけど、どうしたの？」

ぼくがたずねると、クロミさんはごきげんそうな顔つきで答えた。

「チャト、これから隣《となり》のY町に住む猫たちとの交流会《こうりゅうかい》があるのよ。何かのおりに顔合わせをして、おたがいのなわばりを守るために話し合うのさ。今回は、むこうのボスが代わったから、あいさつに来るんだ。すてきなオス猫がたくさん来るから、みんなおしゃれしておむかえするのよ。チャトと同じくらいの子猫《こねこ》も来るだろうから、仲よく遊んでいるのよ」

へえ〜、この公園の子猫《こねこ》はギンとぼくだけだから、子猫《こねこ》に会えるのはうれしいな。友だちになれるといいな。

まもなく、Y町の猫たちがゾロゾロと広場にやって来た。コテツさんがみんなをむかえ、鼻をくっつけてあいさつをかわした。Y町のボス猫さんは、ぼくと同じ茶トラだった。

「ギン、あのボス猫さん、ぼくを三倍ほど大きくしたようで、そっくりの毛色だ」

「ほんと、毛並《けな》みはそっくりだけど、顔はむこうが上。メス猫たちがそわそわしているね」

ボスの後から子猫《こねこ》が顔をだした。Y町の猫たちは、すぐにコテツさんたちと輪《わ》になって話し合いを始めた。子猫《こねこ》二匹が、ギンとぼくに近づいてきた。

「こ、こんばんは。ぼくたち兄弟で、ぼくがギン、このチビが弟のチャトです」

ギンがちょっと緊張《きんちょう》しているのか、しっぽをピ〜ンと立ててあいさつした。やだ、ぼくのことチビって言わないでよ。

「やあ、こっちがボスの子どものゴンで、オイラはタキシードっていうんだ。黒白のハチワレで、あごの下と足の先が白く、タキシード服《ふく》を着ているみたいだって」

タキシードと名のった猫は、後ろ足で立っておなかを見せた。

陽気《ようき》で愉快《ゆかい》なやつだな。この子たちとは仲よしになれそうだ。ぼくも話しかけてみよう。

「ゴンさんは、ぼくと同じ茶トラですね」

「さんはいらない、ゴンでいいから。ぼくは茶トラでもあごとおなかがまっ白だよ。背中《せなか》がきつね色だから、ごんぎつねからとった名前を近所の小学生がつけてくれたの」

ぼくたちはすぐにうちとけて、プロレスごっこや追いかけっこをして楽しく遊んだ。

大人の猫たちの交流会《こうりゅうかい》が終わり、みんな帰っていった。ゴンが明るい声で言った。

「またいっしょに遊ぼう。オイラたちは公園を出たすぐ先にあるコンビニ近くの広場にいるから」

「ありがとう。ゴンとタキシードが初めてできた友だちだよ。また会おうね」

ギンとぼくはうれしくなって、帰っていく二匹を見送った。


ぼくたちは、兄弟だけの生活にすっかりなれてきた。

寒さがきびしくなったころ、ごはんの時間にギンがおうちからとび出して、綾乃《あやの》さんの足元まですりよった。そのとき、綾乃《あやの》さんがギンをつかまえて、腕《うで》の中にかかえた。

綾乃《あやの》さんがにこにこ顔で、ギンを見つめて言った。

「まあギン、初めてだっこできたわ。なでてもおとなしいし、いい子ね。でも、チャトはギンと兄弟なのに、こわがりのだめ猫さんね」

ぼくはいつ、人とふれあえる猫になれるのかしら？　おく病な自分がもどかしかった。

「ギンは、だんだん公園猫らしくなっていくね」

ぼくはギンをうらやむように言った。

「人の手って温《あたた》かくて気持ちよかった。だっこもこわくなかったよ」

ギンは一足早く、ママが望《のぞ》んだ公園猫への道を歩み始めた。

八、星の国から来たピコとポコ

ところで、星の国からはるばる日本にやって来たおとめ座星人《ざせいじん》のピコとポコ、猫集めのお仕事は順調《じゅんちょう》に進んでいたのだろうか？

八月は日本のうだるような暑さにやられ、思うように進められなかった。ピコもポコも、初めはノラ猫を見つけるのにもずいぶん苦労《くろう》していて、連絡《れんらく》を取り合っては相談《そうだん》していた。

ポコがロケットの中にある無線機《むせんき》を通して、ピコに話しかけた。

「東京は人だらけで、とまどうようなことばかりだったよ。

〈猫カフェ〉という看板《かんばん》があったから、ノラ猫たちがミルクでも飲んでくつろいでいるところかと思って、入ったのさ。そしたらお茶を飲むのは人間で、猫が人をおもてなしする場所だったんで、びっくりしたよ。お仕事している猫は商店街《しょうてんがい》にもたくさんいて、看板猫《かんばんねこ》として地元では人気者になっている。猫特有《とくゆう》のしぐさがかわいらしくていやしてくれるから、猫目当てに通ってくる客もたくさんいるらしい。飼《か》い猫は勝手気《かって》ままに生きているものだと思っていたけど、お店を繁盛《はんじょう》させるために、けなげに働《はたら》いている姿《すがた》には感動したよ。

下町にあるノラ猫のたまり場をさがしたら、けっこう集めることができたし、公園やお寺にもたくさん茶トラ猫がいた。東京をもう少し回ったら、このあと江ノ島、鎌倉《かまくら》方面にむかう予定なんだ」

「そう、ポコもがんばっているね。こっちの方もこまったことが多くて、たいへんだったわ」

ピコも状況《じょうきょう》を説明《せつめい》した。

「まず訪《おとず》れた瀬戸内海《せとないかい》にうかぶ、猫島とよばれている小さな島で十匹つかまえたわ。その島はすべてがノラ猫だったし、茶トラがたくさんいたので簡単《かんたん》にうまくいったの。

ところが、猫って飼い猫とノラ猫の二種類《にしゅるい》だけじゃないの。

道を首輪《くびわ》なしにふらふら歩いているから、ノラ猫だと思ってつかまえたら、『地域猫《ちいきねこ》になっている』とか、『外猫として飼われている』、と返事したので、何だろうと思って調べたの。

地域猫《ちいきねこ》はお外でくらすけれども、地域《ちいき》の自治体《じちたい》に認《みと》めてもらい、住民やボランティアの人たちで世話されている猫。最近《さいきん》、〈ノラ猫を地域《ちいき》猫に〉、という取組みがさかんになってきているらしいわ。外猫はお家の中では飼われていないけれども、えさはいつも飼い主さんにもらえる。つまり、外歩きが自由で、えさをくれる家が決まっているという猫。地域《ちいき》猫はお家も飼い主も定《さだ》まっていないようなので、つかまえることにしたの」

「お空に行くのがいやだと、あばれる猫はいなかったの？」

ポコがピコにたずねた。

「だれかの命を助けられる特典《とくてん》の話をしたら、『子どもがひどいカゼで死にそうだから、助けてほしい』、とか、『大好《す》きなメス猫がひふ病にかかって、かわいそうだから治《なお》してほしい。助けてくれたら、お空にいくよ』、と言ったので、持ってきた特別《とくべつ》な薬でみんな治してあげたの。自分もあと三年は大切な猫と共に生きられるのだから、納得《なっとく》してくれたみたい」

「猫さんたちがよろこんで星の世界に来てくれるように、話をしないといけないからね」

ポコはそれを聞いて安心すると同時に、ピコの機転《きてん》のきいた仕事ぶりに感心した。

このように、一匹一匹時間をかけて猫を説得《せっとく》し集めて回るのは、ほねのおれる作業だった。

十月・十一月と、ピコとポコは猫集めの要領《ようりょう》もよくなり、順調《じゅんちょう》にお仕事を進めていた。

そして十二月、ピコは西から東、ポコは東から西に進み、旅も終わりに近づいてきた。

十二月二十六日、ようやくピコが待ち合わせ場所になっている町にたどりついた。あと十匹つかまえれば、目標《もくひょう》の五百匹に到達《とうたつ》する。茶トラ猫探知機《たんちき》を作動させながら市内を回り、猫が集まる場所へと足を運び、のこりあと二匹というところまでこぎつけた。

今日は十二月三十日。

「毎日たいへんだったけど、長かった日本の旅もようやく終わる」

ピコはつぶやき、O公園の近くまでやって来た。

幸運《こううん》なことに、公園の入り口からほど近いコンビニの横にある広場で、一匹つかまえることができた。

「最後《さいご》の一匹が、この公園にいる」

深夜、ピコはこごえるように寒い公園に入っていった。まっ暗な公園をまっすぐ進み、道沿《みちぞ》いの土手のしげみにかくれているダンボールハウスを、ついにピコは見つけた。

「あのおうちでねむっている茶トラが五百匹目ね」

ピコは魔法《まほう》の糸を取り出し、ねむっている二匹のうちの茶色の猫だけをおびきだした。

九、ピコとの約束《やくそく》

ぼくの運命を大きく変《か》えることになる、あやしい足音がひたひたと近づいていることも知らず、ぼくはハウスの中で、いつものようにギンとくっついてすやすやとねむっていた。ぐっすりねむっていたはずなのに、気がついたらまっ暗なお外に出ていた。

あれっ！　ねむくてたまらないのに、何で外に出たの？　ふしぎだな？

ぼくは目を半分閉《と》じたまま、何かにすいよせられるようにふらふら歩いていた。ぼくの足がある一点に向かって勝手《かって》に動いているようで、わけがわからない。

何かパラリと頭上にふりかかるものを感じたとき、黒い物体が目の前にあらわれた。そいつはピカピカ目を光らせて、ぼくをじろじろと見ている。一すじの光が、ぼくのまわりだけ明るくてらしている。

ギャオ〜ン、これって夢《ゆめ》なの？

この黒いやつ、一体何なの？　人でもないし、見たこともない生き物だ。

「(星の国の言葉で) 何て美しい黄金色《おうごんいろ》の毛並《けな》みなの！　けど……、ずいぶんちっこいな。ちゃんと話ができるのかしら、このチビ茶トラ？」

そいつがわけのわからない言葉を話したので、ぼくは思わず、「シャ～」と言ってみがまえた。そいつは黒いマントに全身をつつみ、頭には奇妙《きみょう》な形の冠《かんむり》をつけている。体の大きさは中型犬《ちゅうがたけん》くらいだったので、こわいと思ったわけではない。まっ暗やみの中、突然《とつぜん》見たことがない生き物があらわれたものだから、危険《きけん》から身を守る野性《やせい》の本能《ほんのう》が働いて、低い体勢《たいせい》になってしまったのだ。

そいつは、ぼくのいかくにひるむようすもなく近づいてきて、ゆっくりと話しだした。

「こんばんは。私は星の国から来た使者で、名前はピコというの。君はオス猫だね。名前は言えるかな？」

なんだ？　こいつ、星の国から来たって！　猫の言葉が話せるなら、まあ答えてやってもいいか……。でも、気をゆるすな。

「ぼ、ぼくの名前はチャトだよ。おかしなかっこうしてるね」

ぼくは大声をはりあげて答え、おひげも外に向かってピンとのばしてみた。

フン、ピコとか変な名前のやつにバカにされてたまるもんか。ぼくは強いんだぞ！

すると、ピコはごきげんでも取るようなかわいい声でたずねてきた。

「チャトね、いい名前だわ。ママがつけてくれたの？」

「綾乃《あやの》さんがつけてくれたんだ。ママはここにはいないよ」

ぼくはママの顔を思い出したので、一気にしゅんとさみしくなり、うつむいた。

「ふ〜ん、そうなの。綾乃《あやの》さんって、君の飼《か》い主なの？」

「えっ、飼い主って何？　ぼくのお兄ちゃんはギンっていうんだ。ママはミケニャ〜、その名前も綾乃《あやの》さんがつけてくれたんだよ」

ぼくはわけがわからず、家族の紹介《しょうかい》をしてみた。

ピコはこまったように、ぶつぶつとつぶやいた。

「(星の国の言葉で) そういえば以前、ある公園で茶トラ猫をつかまえたとき、『ぼくは公園でくらすホームレスのおじさんといっしょに、テントの中に住んでいるの』、と言われたことがあった。ホームレスのおじさんは一人ぼっちですごすさみしさをまぎらわし、寒さをしのぐために猫をとてもかわいがっていた。そんな人から猫を取り上げるわけにはいかないわ」

この黒カラス星人め、またわけのわからない言葉でしゃべってら。

ぼくがあやしい目つきでにらんでいると、ピコは再《ふたた》び猫語で話してきた。

「チャトは綾乃《あやの》さんっていう人と、この公園でいっしょにくらしているの？」

「ぼくがくらしているのは、あの猫ハウス。お兄ちゃんのギンといっしょだよ。人間があの中に入れるわけないよ。おかしなこと聞かないでよ。綾乃《あやの》さんは毎日公園にやって来て、ぼくたちに食べ物をくれるやさしい人だよ」

するとピコは勝ちほこったような顔をして言った。

「あら、それじゃあ君は、飼い主のいないノラ猫だね」

「ちがうよ。ギャオ～ン、ぼくは公園猫だよ。ノラ猫なんかじゃないさ。公園に来る人たちをおもてなし、楽しい気分にしてあげるのが公園猫のお仕事なの。『りっぱな公園猫になるのよ』、っていうのが別《わか》れるときのママの言葉なんだ」

ぼくも口をとんがらせて、ママに教わった言葉をならべたてた。

「（星の国の言葉で）なんてこった！ややこしいチビだわ。ノラ猫でなく、公園猫だってさ。ちっこいくせに生意気なこと。人をおもてなしする猫だって！公園は猫カフェじゃないのよ。

あ～あ、このチビはやめようかな。あと一日あるから、明日さがしてもいいしなあ。けど、明日は最後《さいご》の日だから、湖にうかぶ遊覧船《ゆうらんせん》に乗ってのんびり観光《かんこう》したいなあ」

ピコがまた、ぼくにはわからない言葉で、ぶつぶつとひとり言を言っている。本当に変《へん》なやつだ。

ぼくは大きなあくびをしたひょうしに、ゴロンとひっくり返った。ぼくのお腹《なか》をふさふさとおおう黄金色《おうごんいろ》の毛が、月明かりにキラキラと輝《かがや》いている。

「〈星の国の言葉で〉こりゃ見事な毛並《けな》みだ。全身が黄金色《おうごんいろ》で、今までに見たどの猫もかなわない毛並《けな》みだわ。何とか丸めこんで、バッチをつけてしまおう」

ピコは目を光らせてぼくを見つめ、今度は気持ち悪いくらいのネコナデ声をだした。

「チャトちゃん、三年間は公園猫としてのおつとめができるのよ。その後の何万年は夜空に輝《かがや》く猫として、みんなをいやしてくれない。公園猫から星空の猫になれるのよ」

「えっ、公園にいなくても、みんなの役に立つ生き方ができるの？」

「そうだよ。こんな小さな公園に来る人だけでなく、世界中、いや宇宙《うちゅう》全体の人や動物すべてをおもてなしする猫になれるのよ」

〈人をいやし、おもてなしする猫〉という言葉が心の中にこだました。

このまっ黒星人さん、いいこと言うじゃん。ママの言ってたことと同じだ。

「じゃあぼく、この公園で死ぬってことがないの？　それと、ママも喜んでくれるかな？」

「そうだよ。チャトは星となって永遠《えいえん》に生き続けられるから、死ぬことはないんだよ。チャトはたくさんの猫の中から選《えら》ばれた、特別優秀《とくべつゆうしゅう》な猫なのよ。星になれるなんて大出世だって、ママもほこりに思うよ」

やったあ〜。あの暗いおそろしい森に入らなくてもいいんだ。ママ、いいよね。

ピコはぼくの顔を持ち上げて、気合の入った声で続けた。

「夜空を見上げてごらん、チャト。星の世界は神秘的《しんぴてき》で、みんながあこがれる世界なの。
あのキラキラ輝《かがや》いている大きな星は、おおいぬ座のシリウス。ダイヤモンドにも負けない美しい輝《かがや》きでしょ。それから、三つならんだ星のまわりをかこむ大きな星座《せいざ》は、オリオン座。だれもが知っている冬の星座《せいざ》の王様よ。チャトも、あんなふうにキラキラ輝《かがや》く星になれるのよ」

ぼくの目がシリウスと三ツ星をとらえた。そして、自分がシリウスにも負けない輝《かがや》きをはなつ星になった姿《すがた》を想像《そうぞう》した。みんな、美しく光輝《かがや》くぼくの姿《すがた》を見てくれるんだ。

「うん、わかった。あんなにきれいな星になれるのなら、ママも公園のみんなも、きっとよろこんでくれるね」

ピコはピョンピョンはねて、ぼくの前足をぎゅっとにぎりしめた。

「ありがとう、チャト。私の熱《あつ》い思いをわかってもらえてうれしいわ。これから君はＪ五百号よ。これがプロジェクト任命《にんめい》のバッチ」

ピコは取り出したバッチを、ぼくの胸《むね》にうめこんだ。

「チャト、いやJ五百号。これから話すことを三年間、ずっとおぼえていてほしい」

「ファ、ファア～、ぼ、ぼくとってもねむくなってきちゃった。体もふわぁ～とあったかくて、いい気持ちだし……」

「チャトが寒くないように透明《とうめい》なマントをかけたから、その中はぽかぽかあたたかいの」

ピコは、また白い粉《こな》をパラパラとぼくの頭にかけた。

「チャトが私の話を理解《りかい》できるように、薬をかけたの。ここからの話をしっかり聞いてね。まちがえておぼえたら大変《たいへん》だから」

ピコは、大きな声でゆっくり話し始めた。

「チャトがお空に行く日は、三年後の二月二十二日。日本では猫の日よ。バッチには、あと何日で地上をはなれるのか日数が書いてあって、今の日数は一一四九。猫でもその数字は読めるようになっているから。のこりの日数がゼロになった瞬間《しゅんかん》、胸に入れたバッチが小さな宇宙船《うちゅうせん》に変身《へんしん》して、お空へとのぼっていくしくみになっているの。

まず、この薬を飲むのよ。これはね、星に行く日まで元気にすごせる薬なの」

ぼくはピコから手わたされた薬を飲んだ。

「次は大切なことよ。星の世界にくるごほうびとして、二つの特別《とくべつ》なが与えられたの。胸のバッチが秘密《ひみつ》の能力《のうりょく》を発揮《はっき》するから、猫としてくらす期間、幸せにすごせるはずよ。

一つは、自分を一番愛《あい》してくれる人の話すことがわかる能力《のうりょく》。猫は人間の言葉がわからないものだけれども、好きな人が自分に話しかけてくれる言葉を理解《りかい》できたら、その人ともっと仲よくなれるでしょ。

もう一つは、自分の一番大切な猫、または人の命を一度だけ助けてあげられる能力《のうりょく》。大好《だいす》きな人、または猫が病気になったことを、まっ先に見つけることができるの。病気になっているか知りたいものを前にして、胸のバッチをさわってみて。バッチが赤く光ったら、病気になっているってことだから私をよんで。初めはぼんやりとした赤色で、死が近づくにつれ、まっ赤に強く光るようになるの。猫なら簡単《かんたん》に薬で助けられるわ。でも、光が黄色の点滅《てんめつ》に変《か》わったらもう手おくれになるから、注意してね。

人間の場合は人間の医者でないと治《なお》せないので、そう簡単《かんたん》にはいかないの。でも手をつくして助けてあげられると思うわ」

ぼくは本来、頭がよくないのだが、薬をかけられたおかげで、ピコの話をちゃんと理解《りかい》することができた。

「(星の国の言葉で)チャトったら、お星さまみたいに金色に目を輝《かがや》かせて、一生けんめい話を聞いてくれている。こんな小さい子をつかまえてかわいそうかな」

ピコはうつむいて何かつぶやいたが、気を取り直したように、ぼくをまっすぐ見た。

「くれぐれも気をつけてほしいことを言っておくわ。

このプロジェクトは秘密《ひみつ》のうちに進められているので、他の猫には絶対《ぜったい》に話さないで。

バッチは自分でさわればゴツゴツした感じがあるけど、他の猫や人がふれても、バッチのあることがわからないようにできているの。バッチは命と同じくらい大切にしてね。

何かこまったことがあれば、いつでも私に連絡《れんらく》してきて。胸《むね》のバッチを三回なめて、ピコさん、と三回よびかけたら応答《おうとう》するから。今日からチャトは、プロジェクトの大切なメンバーよ」

「わかった。わすれないよ、今聞いたことは。ぼく、星になることを夢見《ゆめみ》てがんばるよ」

「公園にいる間は、幸せな猫生活を送ってね。さようなら、チャト」

「さようなら、ピコさん」

ピコはまたわけのわからない言葉をぶつぶつ言いながら、深いやみに消えていった。

「(星の国の言葉で)ようやく終わった。五百匹の猫集めという大仕事……。最後《さいご》は一番苦労《くろう》したけど、すばらしい猫をつかまえられたわ。自分で自分をほめたい気分ね。

それなのに、不安な気持ちがこみあげてくるのはなぜ？　チャトが幼《おさな》くむじゃきで、まっすぐな性格《せいかく》だからかしら……」

ぼくは、あまりにたくさんの難《むずか》しいお話を聞かされたので、その夜はつかれきってすぐねむりに落ちた。夢《ゆめ》の中にもピコが出てきて、しゃべり続けていた。

長い夢の中で、ギンの声が聞こえた。

「チャト、いつまでねてるんだ。もう昼近くだよ」

ぼくはようやく夢からさめ、大あくびをしながらハウスから出た。

ギンを見たとき、黒カラスのような星人と出会った奇妙《きみょう》な夢の話をしよう、と思った。

ふと胸《むね》をさわると、ゴツゴツした感じが手につたわってきた。

そうだった、バッチを胸に入れられたんだ。ピコっていう星人に会って、星になる約束《やくそく》をしたことは、夢じゃなかった。ぼくの未来《みらい》は大きく変《か》わってしまった。

ぼくは自分にあたえられた大切な任務《にんむ》、そしてバッチの機能《きのう》や特別《とくべつ》な能力《のうりょく》の話を思い出した。そして、ピコさんから聞いた話をわすれないように、ぶつぶつとくり返し、頭にたたみこんだ。

ギンは公園猫に、ぼくは星の世界の猫になるんだ。とってもさみしいことだけど、ぼくたちは別々《べつべつ》の道を歩むようになる。

ママ、ぼくは公園猫として三年すごしたのち、夜空を見る人を楽しませる猫星になるの。もう弱虫・泣き虫チャトではいられない。この運命を受け入れて、強く生きていく。

十、人に好《す》かれる猫

ぼくは〈お星さまになる〉という大きな任務《にんむ》をせおってしまったが、なんら変化《へんか》のない日常《にちじょう》を送っていた。

冬の寒さはきびしくなり、まっ白な雪のちらつく日はお外にいるとこごえてしまう。昼間でも、ギンといっしょに猫ハウスにこもることが多くなった。

日ざしがあって暖《あたた》かい日は、ギンは修行《しゅぎょう》のために道ばたまで出る。そして、ナツを見つけてはくっついていって、おもてなしの心得《こころえ》を勉強しようとしている。

そんなとき、ぼくはおもしろくない。ナツにギンをとられたみたいですねている。

「なんだい、ギンったら。金魚のフンみたいに、ナツにくっついてばかりで。プロレス遊びがしたいのに……」

木のみきでつめをバリバリといだり、木登りしたり、いじけて一人で遊ぶしかない。

「せっかくバッチをつけてもらったのに、何にも変《か》わったことないじゃん。チョーつまんないニャ～」

低《ひく》い木のえだの上で、ぼくはいらいらしてつぶやいた。

「チャト、チャト」、と自分のことを気にかけて、声をかけてくれる人は綾乃《あやの》さんだけだ。ぼくは綾乃《あやの》さんのことが好《す》きなので、足元までは近づけるようになってきた。でも、さわられそうになると、へっぴりごしになってにげてしまう。

「ピコさん、人の話がわかるようになるって言ったけど、うそつき。綾乃《あやの》さんの言葉がチャト、ギン、ごはんくらいしかわからないんじゃ、前とちっとも変わらないよ。そうだ、ピコさんに聞いてみよう」

ぼくはバッチを三回なめて、ピコさんと三回言った。

「J五百号、何かあったの？　こちらピコ、応答《おうとう》せよ」

ピコの声がはっきりひびいて聞こえてきた。

「こちらチャト。ピコさん、あのとき言ったよね。好きな人の話している言葉がわかるって。けどさ、ぼくの好きな綾乃《あやの》さん、猫たちにいろいろ話しかけてくれるんだけど、何言ってるんだか、ちっともわからないじゃん。このバッチ、こわれているの？」

ぼくは不満《ふまん》いっぱいの声で、まくしたてた。

「チャト、ちょっと待ってよ。私が説明《せつめい》したのは、〈チャトのことを一番好きな人〉であって、〈チャトが一番好きな人〉ではないの。かわいそうだけど、綾乃《あやの》さんが一番好きな猫は、チャトではないのよ」

「グ、グッシュン。そうだよ、わかっている。綾乃《あやの》さんは、ナツを一番かわいがっているんだ。ナツを一番先におひざにのせるもの。じゃあ、どうしたら一番になれるの？」

「それはわからない。人の好き・きらいの感情《かんじょう》ほどやっかいなものはないからね。ただ、好かれたいなら、その人にあまえたらいいんじゃない。あまえ上手になれば、かわいがられるわ」

ピコの声が明るくひびいた。

「そうだね。ピコさん、ありがとう」

「どういたしまして。早く綾乃《あやの》さんの言葉がわかるといいね」

ピコとの交信《こうしん》が終わった。

木のえだからずりずりとおりて、またぼくは考えた。

ピコさんの言うとおり、さわれない、だっこできない猫なんて、かわいくないよね。ぼくもみんなを見習ってあまえてみよう。けど、クロミおばさんはいつも綾乃《あやの》さんにまとわりつきすぎて、あまえ方がしつこそう。やっぱり、自然《しぜん》な感じのナツを見習うのが一番だ。ギンと同じように、ぼくも弟子《でし》にしてもらおう。よおし、あまえ上手な猫をめざすぞ。

「ねえ、ナッちゃん」

ぼくは、ベンチで足を高く上げて、毛づくろいしているナツに話しかけた。

「なあに、チビチャト」

ナツは上げた足の間から、つぶらな瞳《ひとみ》でこちらを見て返事した。

「なんでチビチャトなんだよ。自分だって小学生からチビってよばれているくせに……」

「アタシのほうが一才年上のお姉さんよ。チャトはまだ、八ヶ月のチビ猫でないの。体もギンよりずっとちっこいし」

「フン、ギンが大きすぎるの。食い意地がはっていて、何のなやみもないからブクブク成長できるんだよ。でさっ、ナツは綾乃《あやの》さんが好き？」

「もちろん大好《だいす》きよ。私がここへ来た日からずっとめんどうを見てくれて、とてもかわいがってくれるもの」

「ナツは人ならだれでも好きなの？　いじわるするような人はいないの？」

ぼくは綾乃《あやの》さん以外《いがい》の人間はまだこわい、チョーおく病な猫だ。

「この公園には、私をいじめる人はいないわ。犬の散歩《さんぽ》にくる人も、友だちとおしゃべりしながら通りすぎる人も、私のほうを見てわらいかけてくれるもの。『かわいいトラネコね』って。ベンチに一人ですわっている人がいたら、そう～っと近づいて上目づかいで見つめるの。『ニャ～、おひざに乗ってもいいですかニャン？』、ってかわいく鳴くと、たいていの人は、おひざをあけてくれるわ。ひざの上はあったかいし、ねむると気持ちいいのよ」

「ふ〜ん。それで人もよろこんでくれるなら、最高《さいこう》のおもてなしになるね」

ぼくは、公園猫としてみんなに好かれているナツを、まぶしく見つめた。

「でもね、チャト。ひとつだけいやなことがあるの。私には綾乃《あやの》さんがつけてくれたナツっていう名前があるのに、小学生からはチビ、知らない人からは、トラやらこげ茶のシマちゃんとか、変な名前でよばれるわ。女の子なのにトラなんて失礼《しつれい》よ」

「ぼくはみんながチャトってよんでくれる。綾乃《あやの》さんがつけてくれた名前、大好《だいす》きなんだ」

「いいわね。そのうえチャトは明るい毛色だから、うらやましいわ。私の体の色、平凡《へいぼん》で地味《じみ》でしょ。だから、小さいときから、人に好かれるにはどうしたらよいのかを考えてきたの。本当は、人気のある三毛猫に生まれたかったくらいよ」

「えっ、ナッちゃんがそんな苦労《くろう》をしていたなんて知らなかった。いつも明るいから、自然《しぜん》と人気者になったとばかり思っていた」

「だれにだってなやみはあるものよ。今はちょっと……、別《べつ》のことでなやんでいるし……」

そう言ったナツの顔が急にくもった。このとき、ナツは大きななやみをかかえていた。

ぼくがその内容を知るのは、半年先のことになる。

気楽に生きていると思ったナツでも、なやんだり考えたりしているんだ。ギンがナツをしたってくっついている気持ちが、ぼくにも理解《りかい》できるような気がした。

「ぼくも弟子《でし》にしてくれない？　ナッちゃんを見習って、人にあまえる修行《しゅぎょう》をしたいんだ」

「いいわよ。ギンちゃんは、もうひとり立ちできるくらいになっているから」

ナツはうきうきした顔つきにもどって、明るい声で答えた。

「ナツ先生、よろしく」

こうして、ぼくもナツと仲よくなっていった。


ぼくたち兄弟にとって初めての冬がようやく終わり、やわらかい日ざしがもどってきた。

冬の間、クロミさんと長老《ちょうろう》のタマおじさんが、ずっとぼくたちの世話をしてくれた。夕ロミさんはママのように、昼も夜もぼくたちのそばにいてくれた。綾乃《あやの》さんを待つのも、土手でお昼ねするのもいっしょだ。

物知りのタマおじさんは、ぼくたちの教育係《がかり》だ。公園での生活の仕方だけでなく、自然界《しぜんかい》のこと、一年の季節《きせつ》のうつりかわり、危険《きけん》な動物からの身の守り方を教えてくれた。

「お月さまがまん丸に太ったり、半分になったり、猫の目のようにシュッと細くなったりするのはなぜ？」

ぼくは夜空を見るたび不思議《ふしぎ》でたまらなかったことを、タマおじさんにたずねた。

「まん丸が満月《まんげつ》、半分が半月、細くなるのが三日月《みかづき》といって、月の形でひと月を数えられるのさ。公園にさく花を見れば季節《きせつ》がわかるし、自然《しぜん》はいろんなことを教えてくれるんだよ」

春、公園一体をピンク色にそめる桜《さくら》の花がとても美しかった。もうすぐ色あざやかなあじさいがさき、秋には紅葉《こうよう》で広場がまっ赤になるという。

ぼくたち兄弟はやさしい猫たちに助けられ、生きるための知恵を身につけていった。

ぼくもナツにくっついて修行《しゅぎょう》し、ようやくだっこも平気な猫になれた。綾乃《あやの》さんに初めてだっこされたとき、ママが昔《むかし》、首をかんで持ち上げてくれたときのような、ふわ～と宙《ちゅう》にうくような不思議《ふしぎ》な感じがして、ママのやさしいぬくもりを思い出した。やっと人にあまえられる猫になれたのに、綾乃《あやの》さんの話す言葉がまだわからない。とってもせつない気分……。

ギンの方はナツと同じように、すっかり子どもたちの人気者だ。公園に来た子どもたちは、「チビ、ギン」、と名前をよんで二匹をつかまえる。チビはナツのことだ。ギンもしっぽをつかまれたり、耳をひっぱられたり、ひっくり返しにされたりと、けっこう乱暴《らんぼう》にいじくりまわされている。お腹《なか》を見せたギンのおしりあたりを見て、子どもたちはキャアキャアはしゃいでいる。

「わあ～、オスだ。オス猫。チビはメスだから仲よしなのかな」

うわっ、ギン、あんなお腹を見せて、さわられているよ。はずかしくないの?

子どもたちはぼくを見つけると、大きな声で「ネコ、金色のネコだ」とさけびながら近づいてくるので、こわくてにげてしまう。ぼくには子どもたちの接待係《せったいがかり》は、とうていできそうにない。

ギンはいつもナッといっしょに、公園を訪《おとず》れる子どもから大人までを楽しませようと、公園猫としてのお仕事に精《せい》を出していた。


雨の多い季節《きせつ》、綾乃《あやの》さんにつかまえられて、変《へん》なにおいのする所に連れていかれた。ギンもいっしょだ。台の上でねむってしまい、意識《いしき》がはっきりもどったときには、元のねぐらに入っていた。

何だかよくわからないが、ぼくたちも地域猫《ちいきねこ》の仲間《なかま》入りをしたようだ。

夏の夜、ぼくはお星さまを見ることが大好《だいす》きになった。夏の夜空は、にぎやかにぼくをもてなしてくれる。ぼくの頭上にはたくさんの星がふりそそぎ、その中でも、キラキラ輝《かがや》いている三つの大きな星（夏の大三角形）に心ひかれた。冬の星であるシリウスとオリオン座だけはわかるのだが、その他の星の名前はわからない。

「天の川に輝《かがや》くお星さまになるのよ、ってピコさんに言われたんだ。ぼくはチャトという名前の星になるのかな？　お星さまになったら、お空から公園が見わたせるよね。ママやパパが、どこでどんなふうにくらしているのか、ちゃんと見えるよね」

星空を見上げ問いかけると、お星さまはピカピカ光って返事してくれた。

「そうだよ、チャト。ここから何でも見わたせるよ。お空で待っているからね」

ぼくは星になって輝《かがや》くという夢《ゆめ》に、誇《ほこ》りを持って生きていた。そして、星の世界には楽しいことがいっぱいある、と信《しん》じていた。

十一、ギンとの別《わか》れ

夏のある夜、ギンがナツを連れてねぐらに帰ってきた。いつもは明るいナツが、ひどく思いつめたような顔つきだ。何か深刻《しんこく》な話でもあるのかしら、とぼくは身がまえた。

「チャトには私から説明《せつめい》するわ」

ナツが悲しそうな目をして、話を始めた。

「私、春にタビちゃんから結婚《けっこん》してほしいと言われていたの。けれども、ずっと返事をしないまま、何となくタビちゃんをさけていたの。一週間前に、返事がほしいとつめよられてこまっていたの。タビちゃんは、私が小さいときからずっとそばにいてくれたので感謝《かんしゃ》しているけれども、お兄ちゃんみたいにしか思えない。最近《さいきん》はギンといっしょに楽しくすごす時間がふえて、おたがいにとって必要《ひつよう》な存在《そんざい》になっていったの。ギンも私が好《す》きだと言ってくれたし、私はギンと結婚《けっこん》したいの」

タビちゃんがナツと結婚《けっこん》したがっていたなんて、全然《ぜんぜん》知らなかった。ナツもギンもいろいろなやんでいたんだ。ギンとナツは好きどおしで結婚《けっこん》するのなら、うれしいはずなのに、なぜこんなに悲しそうに話すのかしら？

そのあと、ギンがつらそうな表情《ひょうじょう》で続けた。

「ぼくとナツがここでいっしょになったら、タビちゃんはきずつくよね。だから、この公園の中では、もうくらすことができない。それできのうからずっとナツと話し合って、この公園を出ることに決めたんだ」

「この公園が大好《だいす》きだから、はなれるのは本当につらいけれども、しかたがないのよ。でも、どこへ行っても、ギンといっしょならきっと生きていけると思うわ」

ナツは心を決めたように言いきったが、どうしようもなくさみしそうに目をふせた。

ぼくはギンとナツの決心を聞いて、心がおれそうになった。二匹のことをお祝《いわ》いする気持ちが消えて、悲しい気持ちがふつふつと心の底《そこ》からわいてきた。

いつもギンが横にいてくれるだけで心強く、何でもできる気がしたのに……。これからは、ひとりぼっちで生きていかないといけない。つらいことがあっても、たよれるギンがいなかったら、どうすればよいの？　ぼくの心ははげしく動揺《どうよう》していた。

涙《なみだ》がこぼれそうになるのをぐっとこらえて、ぼくは口を開いた。

「ギン、どこかいくあてでもあるの？　安全な公園を出て、ちゃんと生きていけるの？」

「それは大変《たいへん》だと思う。だから、ママとパパを見つけて、そこでくらせないかと考えている」

「そう、うまくママと会えるといいけどね。お世話になったクロミおばさんやミルクには、別《わか》れのあいさつをしていくんだろ」

「いや、出て行くことを話せばきっとひきとめられるし、タビちゃんの話もしなければならないから、明日だまって出ていくよ。ただ綾乃《あやの》さんだけには、ちゃんとあいさつして行くよ」

「そう、綾乃《あやの》さんのおかげで、私は今まで生きてこられたもの。毎日おいしいごはんをもらって、だれよりもかわいがってもらったわ」

ナツは感情《かんじょう》がたかぶってきたのか、泣《な》き声になっていた。

「チャト、ごめんね。これからは、チャトが私たちの分まで公園猫としてお仕事してね」

「はい。ナツ先生の教えどおり、がんばるよ」

ぼくは悲しみをこらえて、か細い声で返事した。


そして次の日、ナツは綾乃《あや の》さんからごはんをもらったあと、綾乃《あやの》さんのおひざの上にとび乗った。のどをゴロゴロ鳴らしてあまえるのも、これが最後《さいご》だ。ギンとナツは道の下まで、ずっと綾乃《あやの》さんのあとをついていった。ぼくもこっそり、あとをつけた。

「ナッちゃん、今日はギンとお見送りしてくれるの。このところいつもいっしょね。ナツとギンが大好《だいす》きだから、二匹が仲よくしているのを見るとうれしくなるわ。また明日ね」

綾乃《あやの》さんが帰っていくのを、ギンとナツはならんでしっぽをからませながら見送っていた。

「ぼくたち、いなくなっても悲しまないで。ナツといっしょにちゃんと生きていくから……。大好《だいす》きな綾乃《あやの》さん、今まで世話してくれて、本当にありがとう」

ギンは「ニャオ～ン」、と大きな声で鳴いて、別《わか》れをつげた。

深夜、公園をひっそりと出て行くギンとナツを、ぼくは東の出入り口まで見送った。

「ギン、また会えるよね」

「うん、近くに落ち着いたら、どこにいるか知らせにくるから。チャトをもう守ってやれないけど、ひとりで生きていけるね」

「うん、ぼくはもう大人だからだいじょうぶさ。ナッちゃん、元気で。さよなら」

ぼくはさみしい気持ちをこらえて、ギンに心配《しんぱい》かけまいとした。

ギン、ぼくのたよりになるお兄ちゃん、さよなら。明日からぼくは、ひとりで生きていく。ママとギン……、ぼくの守り神がいなくなってしまった。

ギンとナツがそろって公園を出ていったことに、次の夜にはみんな気づいたようで、クロミさんが、すぐにぼくに声をかけた。

「ギンとナツは仲よく公園でくらしていくって思っていたのに、どうしたんだろうね。突然《とつぜん》出ていくなんて……。チャト、さみしいだろうけど、元気だしてね」

ボス猫のコテツさんも、ぼくのねぐらまでやって来て、ギンたちの行き先をたずねた。

「わかりません。新しいすみかをさがしてくらす、と言っていたので、もうもどってくることはないでしょう」

ぼくはコテツさんがおこりだすのではないかと思い、消え入りそうな声で答えた。

「そうか、よそのオス猫がなわばりに入ってくるのは問題になるけれど、公園から出ていくのは自由だからな。無事《ぶじ》に落ち着き先が見つかるといいが……。

それに、ナツもギンもここへ遊びにくる子どもたちに人気があったから、子どもたちが来たらさがすだろ。二匹ともいないとなると、悲しまないか心配《しんぱい》だ。猫をかこんで子どもたちが遊んでいる光景《こうけい》は公園にぴったりで、子どもたちの笑顔《えがお》がまぶしかったのに……」

と話すコテツさんの声もどこかさみしげに聞こえた。コテツさんも、ナツとギンのことを心配《しんぱい》してくれていたんだ。思いがけず、やさしいコテツさんの口ぶりにほっとした。

でも、タビちゃんは、ギンとナツが出て行ったことをどう思っているだろう？　きっとショックを受けて悲しんでいるにちがいない。

ギンとナツが、ぶじに新しいすみかを見つけられたかどうかも心配《しんぱい》だが、タビちゃんの悲しみを想像《そうぞう》すると胸《むね》がいたんだ。

十二、好きな人の言葉がわかる能力《のうりょく》

ギンとナツが去って一週間、綾乃《あやの》さんは公園じゅうを回って、必死《ひっし》で二匹のことをさがし続けていた。

「二匹そろって公園を出ていったのかしら。もしかして、仲よくならんで見送ってくれた日、私に別《わか》れをつげたのかしら。ねえ、チャト。知っているんでしょ」

綾乃《あやの》さんはしずんだ表情《ひょうじょう》で、ぼくに話しかけた。

ぼくは、「ナツ、ギン」と大きな声で名前をよびながら二匹をさがし回る綾乃《あやの》さんの姿《すがた》を、いたましい気持ちで見てきた。自分に話しかけてくれる言葉を理解《りかい》できないけど、ギンたちのことを聞いているのだとわかった。

綾乃《あやの》さんは下を向いて、気落ちしたようにぼんやりしていた。

ぼくもギンとナツがいなくなってさみしくてたまらなかったのだが、なんとかして綾乃《あやの》さんをなぐさめたかった。綾乃《あやの》さんの手にすりよって、おでこをくっつけてみた。

「私の大好《だいす》きな猫二匹がいっぺんにいなくなってしまって、涙《なみだ》が出るほど悲しいけど、死んだんじゃないよね。わけあって〈かけおち〉したのかも。猫がかけおちするなんておかしいけど……。きっとどこかで生きているよね。チャト、ずっとここにいるのよ。これからは、チャトを一番にかわいがるから」

えっ！　チャトを一番かわいがる……。　ずっとここにいるのよ、って言ったの？　綾乃《あやの》さんの言うこと、わかるよ。でも、かけおちって何？　ちゃんと結婚《けっこん》したんだよ。

これまで意味をなさなかった綾乃《あやの》さんの声が、初めて意味のある言葉となって頭の中をかけめぐった。さみしかったぼくの心にあざやかな七色のにじがかかり、希望《きぼう》の光がともされた。

ようやく〈好きな人の言葉がわかる能力《のうりょく》〉を手に入れることができた。綾乃《あやの》さんがぼくのこと、一番かわいがってくれるって。

「ぼくはどこへも行かないから。いつでもここで待っているからね」

ぼくはニャオニャオと鳴いて、しっぽを大きくふって答えた。綾乃《あやの》さんも、ぼくの頭を何度もなでてくれた。ぼくの心は天にものぼれるほどにまい上がり、広場をピョンピョンかけまわった。

やったあ！　ピコさん、ようやく綾乃《あやの》さんの話す言葉がわかるようになったよ。

あっ、ピコさん……。興奮《こうふん》しすぎて、わすれてた。

ずっとここにはいられないんだった。星の世界に行くごほうびとして、綾乃《あやの》さんの話が理解《りかい》できるようになったんだ。でも、まだ二年半はいっしょにいられるから、その間いっぱいおしゃべりして、かわいがってもらおう。これから綾乃《あやの》さんと、よりいっそう楽しい時間がすごせるのだから……。


ぼくは気持ちを新たにして、自分のなわばりを持つことにした。

公園のオス猫は、みんなバラバラになわばりを持っている。大人になったのだから、いつまでもクロミさんにくっついているわけにはいかない。それに、今いるところは、タビちゃんのなわばりに近いことも気になっていた。

タビちゃんは、ナツとギンのことで一度もぼくを問いつめはしなかった。タビちゃんは本来、とても思いやりのある猫だ。それだけに、出会うと気まずく感じていたのだ。

そこで、ぼくは公園の中でくらしやすそうなところをさがした。東の車止め横にある広場は、まわりをたくさんの木とヤブでかこまれ、小川も流れていて広々としている。公園に入ってくる人の通り道にはなっていないから、いつもひっそりとしているようだ。

ここなら散歩《さんぽ》の犬もあまり通らないから、安全にくらせそうだ。

ぼくは、公園の東にある休憩所《きゅうけいじょ》のある広場にひっこした。

それから、綾乃《あやの》さんは毎日、まっ先にぼくの所に来るようになった。

ぼくは休憩所《きゅうけいじょ》のイスの上にのって、ごはんをもらった。綾乃《あやの》さんもイスにすわって、ぼくがごはんを食べるのを見ながら、いつもおしゃべりしてくれた。

「うちにいる猫はチョコっていう名前で、十才のメスなの。一日のうち十五時間以上はねているわ。ねずみのおもちゃでも遊ばないし、ずっとおうちの中でたいくつしないのかしら。もしチョコがノラ猫になったとしたら、一週間何も食べられずに死んでしまうわ。チャトはまだ一才半なのに、ひとりで生きていけるのだからりっぱねえ」

たいていは綾乃《あやの》さんの飼《か》い猫のチョコの話と、ぼくの話だ。ぼくはいつも、綾乃《あやの》さんの話に耳をピンと立てて聞いていた。

「チャト、みんなとはなれて一匹でくらして、さみしくない？　私がいつも話しかけてあげるからね。話がわかるはずもないけど、にぎやかな方が楽しいでしょ」

ありがとう。ぼくの胸《むね》にうめられたバッチのおかげで、綾乃《あやの》さんのお話全部わかるの。ぼくのことも、ずいぶんほめてくれるからてれくさいよ。楽しいお話、いっぱいしてね。

ぼくは綾乃《あやの》さんの話から、〈飼い猫〉という自分たちとは全くちがう環境《かんきょう》でくらす猫がいることを知った。

猫とはお外でくらし、いろいろな人からごはんをもらうもの。つまり、〈人とおうちの中でくらすのが犬で、お外で自由に生きるのが猫〉、とばかり思っていたのだ。

飼い猫さんって散歩《さんぽ》もしないし、お外の世界を知らないのかな？　なんだかかわいそう。お外は自然《しぜん》の美しさがいっぱいで、季節《きせつ》のうつりかわりや、草花のにおいを感じることができるのに……。

自然《しぜん》の美しさを全く知らない飼い猫なんて、自分と同じ猫だとは思えない。いつも飼い主に守られていて自由にお外に出られない、息がつまるようなくらしをしているのかな？

お外でくらす猫には自由がいっぱいあって、どこで、どう生きるのかを自分の思うままに決められる。ぼくは自分の生き方に誇《ほこ》りをもとう、と胸をはった。

二度目の冬になった。ギンがいなくなり、ひとりでねむる冬の夜は寒さが身にしみる。でも、〈好きな人の言葉がわかる能力《のうりょく》〉を手に入れたおかげで、ぼくの心はあたたかだ。

毎日、綾乃《あやの》さんとおしゃべりしてすごすひと時が、ぼくの心をささえてくれる。

ぼくの新しい守り神、綾乃《あやの》さん。綾乃《あやの》さんは、決してぼくの前から消えたりしない。

十三、大切なものの命を助けられる能力《のうりょく》

雪のちらつく、とても寒い日だった。

綾乃《あやの》さんがいつものようにごはんを用意しながら、ぼくに話しかけた。

「クロミがね、きのうからおかしいの。食いしんぼうでいつもいっぱい食べていたのに、全く食べられないのよ。ずっとうずくまってしんどそうにしているの。どうしたのかなあ」

ぼくはギクリとし、あわててクロミさんのいる土手の方へ走った。クロミさんはおうちに入ってじっと動かなかった。クロミさんの前に立ち、胸《むね》のバッチをさわってみた。するとバッチが黄色く光ったり消えたりをくり返している。「バッチが点滅《てんめつ》していたらもう助からない」という、ピコさんの言葉がぐるぐると頭の中を回っていた。気が動転《どうてん》して、血の気がさっとひいていくのを感じた。

「クロミさん、どこか悪かったの?」

ぼくがおろおろしてたずねると、クロミさんは弱々しい声で答えた。

「寒さで体力がおちているところに、ひどいかぜをひいてしまったから、もうだめみたい」

クロミさんは鼻水をだし、目もしょぼしょぼして、生気が全く感じられない。

クロミさん、ごめん。しばらく会っていなかったから、気づかなかった。点滅《てんめつ》に変わってしまったら、もう手おくれなんだ。ピコさんにたのんでも治《なお》せない。

ぼくはひどくうろたえたが、クロミさんを少しでもはげましたかった。

「カゼが治《なお》ったらだいじょうぶだよ。食欲《しょくよく》ももどって、また元気になれるよ」

クロミさんは首を横にふって、何かをさとったような表情《ひょうじょう》でぼくを見つめた。

「チャト、私はもう寿命《じゅみょう》なんだよ。公園で生まれて五年になるし、子どもも何度か産《う》んだ。おまけに、たくさんの人にかわいがってもらったし、もう思いのこすこともないよ」

「ママがいなくなったけれども、クロミさんがずっと世話してくれたから、ぼくたち元気で大きくなれたんだ。まだ何のお返しもできていないから、治《なお》るまで看病《かんびょう》するよ」

「ありがとう。チャトは心のやさしい子だね。ギンもチャトもとってもよい子だったから、毎日いっしょにいられて幸せだったわ。小さいときは泣き虫だったチャトが、人を思いやれる大人になってくれてうれしいわ。今晩、山へ入るよ。今なら何とか歩いていけるから」

「前にママが教えてくれた、山の中の森へ行くんだね」

ぼくは涙《なみだ》をこらえ、クロミさんに鼻をくっつけて、別《わか》れのあいさつをした。

友だちのシズカやミルクも近くに来ていた。もうみんな、お別れだとわかっているのだ。

その夜、足をひきずって北へ向かって歩いていくクロミさんを、みんなで見送った。コテツさんも目に涙をうかべ、鼻をくっつけて別れのあいさつをした。いっしょに行くことはできない。ノラ猫は死ぬときもひとりぼっちで、最期《さいご》をむかえなければいけないのだ。

「クロミさんは猫たちにもたよりにされていたし、人にもあまえ上手でかわいがられていた。とてもりっぱな公園猫としての一生だった」

シズカとミルクは、大好《だいす》きな仲間《なかま》を失った悲しみにあふれる声で、「フニャ〜ン」、と鳴いて見送った。

ママ、ギン、ナツ、そしてクロミさん。大切な家族やぼくの大好《だいす》きな猫が、次々といなくなってしまった。この先、何度つらい別《わか》れを経験《けいけん》しなければならないの？

ぼくの心に、やるせない悲しみがわいてきた。

ギンやナツには、いやママにだってさえ、また会えるかもしれない。けれども、クロミさんにはもう二度と会えない。これが死ぬってことだ。

この世の中で、一番おそろしいことが死ぬことではないか。そして死んだものを見送ることほど、つらく悲しいことはない。ぼくは初めて、死ぬということを理解《りかい》した。

大好《だいす》きなものを亡《な》くしたとき、みんなはどうするのだろう。わすれることなんてできないから、悲しみからどうやって立ち直るの？

生きること、それは、つらい経験《けいけん》をたくさんすること。そして、それらの悲しいことを一つずつのりこえるたびに、強くなっていけるのかもしれない。

けれども、ひとりぼっちのぼくにとって、悲しみをのりこえることは簡単《かんたん》ではなかった。クロミさんのあいきょうのある顔、ならんでお昼ねしたことなど、思い出すたびグシュンと涙があふれてくる。

綾乃《あやの》さんは、ぼくがここ数日、ずいぶん元気をなくしていることに気づいたみたいだ。

「チャト、クロミが一週間、姿《すがた》を見せないわ。かわいそうに、死んだのね。いつもけんめいに生きるかわいい猫だったのに……。チャトもずいぶん、かわいがってもらったね。クロミさんはね、にじの橋をわたって、天国に行ったのよ」

綾乃《あやの》さんが手を合わせて下を向いた。

クロミさん、クロミさんが大好《だいす》きだった綾乃《あやの》さんも、とても悲しんでくれているよ。

数日後、綾乃《あやの》さんがうなだれてやって来た。表情《ひょうじょう》もずいぶん暗い。

「きのう、友だちが亡《な》くなったの。まだ五十才なのよ。検査《けんさ》でガンが見つかったときは、もう手おくれなくらい進んでいて、手術《しゅじゅつ》したけど半年で死んでしまったの。とても明るく元気いっぱいな人だったのに、あっけないものね。本当にガンだけは、こわい病気なのよ」

綾乃《あやの》さんも身近な人を亡くしたんだ。人はどうやって悲しみをのりこえるのだろう？ぼくにはわからないことだが、人も猫も、大切なものを亡くす悲しみは同じなんだ。

ぼくは猫の友だちがほしかった。ギンが去っていってから、なんでもうちとけて話せる友だちがいればいいのに、と何度思ったことだろう。

そうだ！　Y町のゴンとタキシードに会いに行ってみよう。ギンのことも見かけたことがないか聞けるし、何かわかることがあるかもしれない。

公園の東出入り口を出てまっすぐ進むと、すぐにLコンビニは見えている。うらの小さな道に入ってうろうろしていると、まっ黒なマントに身をつつんだあやしげな物体が前を横切った。ぼくはギョッとして、背中《せなか》を丸めたかっこうで、思いきり後にとびはねてしまった。

黒マントの物体をよく見ると、おとめ座星人《ざせいじん》のピコさんではないか！

「ニャ、ニャンだって、こんな所にピコさんいるニャ？　こんな明るい時間にふらついていたら、人に見つかるじゃないの」

ろれつが回らないくらいびっくりしてたずねると、ピコさんが答えた。

「あらっ、チャト、久しぶりね。私の姿《すがた》はバッチをつけた猫にしか見えないから、人には見つからないの。私はたった今、J四九九号から依頼《いらい》された猫を助けてきたところなの。

『事故《じこ》にあって死にそうな私の子どもを助けてくれ』、と連絡《れんらく》が入ったの。急いで来たからまにあってよかったわ。ちょうど、チャトの顔も見てから帰ろうと思っていたところだから、ここで会えてよかった。どう、元気にしている？」

「悲しいことがたくさんあって、落ちこんでいるんだ。でも、大好《だいす》きな綾乃《あやの》さんの言葉はわかるようになったよ。今、このあたりにいる二匹の猫をさがしているところなの」

「なんて名前の猫？」

「ゴンとタキシードだよ」

「ええっ！　今、私が助けた猫がゴンよ。ゴンのパパがＪ四九九号なの」

「ゴンのパパ？　Ｙ町のボスの茶トラ猫が……。こんな近くに、同じ運命の猫がいたんだ」

「そう、ゴンはあぶないところだったけど、ぎりぎりまにあったの。二匹とも、そこの角の空き地にいるわ。それから、Ｊ四九九号に出会えば、おたがい同じ運命だとわかるわ。胸《むね》のバッチを通して話ができるので、他の猫には気づかれないように会話できるの。

チャト、成長するにつれて思いなやむこともふえていくのが当たり前なの。悲しみに負けないで強くなるのよ。私も見守っているから」

「ピコさん、はげましてくれてありがとう。会えてよかった」

「ニャオ〜ン、ニャ〜ゴ」

角の広場から、何匹もの猫のよろこびにあふれた鳴き声が聞こえてきた。広場の中では、ゴンがみんなのまわりをさっそうと走って、足を自由に動かして見せていた。

「ゴン、久しぶり。ふと会いたくなったんで、公園から来てみたの」

ぼくは、まん中にいるゴンに声をかけた。

「チャト、聞いてよ。オラのパパ、すごいんだ。今みんなの前で、オラの足を治《なお》したんだ」

ゴンのパパ（J四九九号）はほっとしたように大きく息をつき、走り回っているゴンをいとおしげに見つめていた。ゴンのママもおよめさんの三毛猫も、涙《なみだ》を流してよろこんでいた。

パパがぼくの胸《むね》のバッチに気づいたのか、大きな瞳《ひとみ》をぼくに向けて声をかけた。

「ゴンたちの友だち？　私と同じ茶トラだね」

「O公園のチャトです。ぼくが小さかったとき、公園での交流会《こうりゅうかい》でお見かけしました」

星になるという同じ運命の猫に出会えたこと、さらに、〈大切なものの命を助ける能力《のうりょく》〉を使ったことを知って、ぼくの胸は高鳴っていた。

ゴンのパパとぼくの胸のバッチが向かい合うと、バッチを通して会話を始めた。

「チャト、ゴンと同い年でまだ一才半なのに、星になる運命だなんて、びっくりしたよ。

私は今、自分にさずかった能力《のうりょく》のおかげでゴンを助けられた。ゴンがバイクにぶつかったせいで歩けなくなったんだが、ほおっておいたら足がくさってきて死んでしまうようなケガだったんだ。だから、ピコさんを急いでよんで、薬をもらったんだ。それをなめてゴンの足にぬったおかげで、足をなおすことができたんだよ」

「よかったですね。ピコさんからもらった能力《のうりょく》が役に立って……」

「チャト、何かこまったことがあれば、いつでも会いに来なさい。相談《そうだん》にのれると思うよ」

「ありがとうございます。ゴンを助けられたことを知って、元気が出てきました」

ゴンのパパとの心の中での会話が終わり、ぼくは心強い味方《みかた》をえたようで、勇気《ゆうき》がわいてきた。

「やあチャト、元気にしてた？　ゴンがちゃんと走れるようになって安心したよ」

タキシードもにこにこしながら、ぼくのそばにやって来た。

「ゴン、パパのおかげで足が治って本当によかったね。ところで、ギンを見かけたことない？　ギンはナツというキジ猫といっしょに公園を出ていって、どこにいるかわからないの」

「えっ、ギンが行方不明《ゆくえふめい》なの？　チャトもさみしいだろう。オイラたちもさがしてみるよ」

ゴンはすぐにみんなの輪《わ》の中にもどって行き、その場にのこったタキシードにたずねた。

「タキシードはいつも陽気《ようき》だけど、悲しいこととかつらいことはないの？」

「そりゃあるさ。オイラのママ、オイラがまだ一ヶ月くらいの小さいときに病気で死んだの。すぐにゴンのママがおっぱい飲ませてくれて、ゴンと兄弟同然《どうぜん》に育ててくれた。でも、本当のママのぬくもりだけはおぼえていて、会いたいなって思い出すこともあるけれど、今ではゴンの家族がオイラの家族なんだ。近い将来《しょうらい》、ゴンがあとをついでボスになるだろうから、ゴンをささえてりっぱになわばりを守っていくことで、ママたちに恩返《おんがえ》しをするつもりさ」

「そうだったの。小さいときママがいなくてつらかったろうに、タキシードは強いなあ」

だれでも悲しいことを胸《むね》にひめて、明るく生きている。ぼくがつらいとき、心配《しんぱい》してくれる友だちが近くにいる。それに、ゴンのパパに会えたことで、わかったことがある。

ぼくも〈大切なものを助ける能力《のうりょく》〉を持っているから、いつかこの能力《のうりょく》を使ってだれかを助けられるはずだ。こんなノラ猫のぼくでも生きる意味があるし、きっとだれかの役に立つことができる。ぼくのことを必要《ひつよう》だと思ってくれるだれかの……。だから、胸をはって希望《きぼう》をもって歩いていこう。

公園に帰ったとき、ぼくの心はすっかり晴れやかになっていた。

十四、ギンのゆくえ

公園の奥《おく》にある林から「ホ〜、ホケキョ〜」、というすんだ鳴き声がひびいてきた。春をつげるうぐいすの声で目ざめた朝、タビちゃんがミルクとならんで、ぼくのいる広場にやって来た。タビちゃんは、てれくさそうに言った。

「ミルクといっしょになるよ。『早く家族を持って、ゆくゆくはオレの後をつぐくらいしっかりしろ』、ってコテツさんに言われたんだ」

「私はここへ来た小さいころから、タビちゃんがずっと好《す》きだったの。やっと結婚《けっこん》できるから、うれしくって……」

ミルクもぽっとほおをそめて言った。その愛《あい》らしい顔が朝日をあびて輝《かがや》いていた。

ミルクは物心ついたころ、この公園にすてられた、とママから聞かされていた。いつもひかえめですなおな性格《せいかく》のミルクは、タビちゃんが自分の方をふり向いてくれるのを、ずっと待っていたのだろう。

「タビちゃん、ミルク、おめでとう」

ぼくは心からお祝《いわ》いの気持ちをつたえた。タビちゃんがきちんとあいさつに来てくれたことが、何よりもうれしかった。幸せそうによりそう姿《すがた》にほっとした。

でも、幸せって何だろう。ぼくは今、幸せなの？

もうぼくの家族はいないし、大好《だいす》きな綾乃《あやの》さんとは、一日のうちのごく短い時間しかいっしょにいられない。幸せかどうかって、何だか難《むずか》しいかも……。


夏も終わりに近づいたある夜、Y町との交流会《こうりゅうかい》が二年ぶりにO公園で開かれた。コテツさんを先頭にオス猫たちがならんでY町の猫たちを出迎《でむか》えた。ぼくもボス猫であるゴンのパパと、バッチを通してあいさつを交わした。ゴンとタキシードが、すぐにぼくを見つけてかけよってきた。

「チャト、チャト、いい知らせをもってきたよ。ギンちゃんが見つかった」

「えっ、本当！　どこにいたの？」

ぼくはうれしくなって、ピョンピョンはねた。

「二日前、パパのおともで遠出をしてD町に行ったとき、ギンちゃん見かけたの。D食堂《しょくどう》の前でお客さんのお出迎《でむか》えをしていた。キジトラのメス猫とならんでね。接待《せったい》する猫なんて初めて見たので、すごいなって思ったよ。いそがしそうで近づけなかったんで、『ギンちゃん、チャトが心配《しんぱい》してさがしていたよ』、ってさけんだら、こっち見てしっぽふってくれた」

ゴンが言うと、タキシードも続けた。

「いいよな、飼い猫になるなんて。それも食堂《しょくどう》だから、おいしい物いっぱい食べられるよ」

何だって！　ギンが食堂《しょくどう》で接待《せったい》……。ギンが、飼い猫になってるって！

「しょ、食堂《しょくどう》って何？　普通《ふつう》のおうちとちがうの？」

「食堂《しょくどう》はお客さんにごはんを食べさせるお店で、ギンは看板猫《かんばんねこ》として飼われているようだった。飼い主を助けるためにお仕事しているなんて、猫の鏡《かがみ》だね」

〈飼い猫〉というものを猫として認《みと》めたくないぼくは、ゴンの言葉をすなおに受け止めることができない。

ギンが食堂《しょくどう》の猫になっていた。公園猫から飼い猫にね。もうギンとは住む世界がちがってしまったんだ。それで、ギンはぼくに会いに来てくれないのかも……。

いろいろな考えを思いめぐらせるうちに、公園でのギンとナツの姿《すがた》がくっきりとよみがえってきた。――ギンとナツはのどをごろごろ鳴らし、子どもたちの遊び相手になっていた。子どもたちもみんな、楽しそうにわらってギンたちをなでていた――

ギンはママの教えを守って、食堂《しょくどう》というところでお客さんをおもてなし、お客さんが笑顔《えがお》になれるようにお仕事しているのではないだろうか。

ぼくはようやく、今のギンをみとめることができた。ギンは飼い猫になっても、何も変《か》わっていないにちがいない。そう思うと、ギンに会いたくてたまらなくなった。

「ありがとう。ギンとナツが元気でいることがわかって、本当によかった」

ゴンとタキシードにお礼をのべたが、交流会《こうりゅうかい》ではずっとうわの空で、ぼんやりしていた。

でも、でも……。お客さんのいる食堂《しょくどう》に、自分のようなノラ猫がたずねていって、ギンはよろこぶだろうか？　何かめいわくをかけてしまうような気がする。

ギンの方から会いに来てくれるのを待ってみよう。

十五、嵐《あらし》の夜

秋が来ると、すみきった青空に、ふわっとまっ白な雲がいろいろな形でうかんでいる。気持ちのよい美しい季節《きせつ》だ。けれども、風と雨がくるったようにはげしくふきあれる日も、必《かなら》ずやって来る。これは台風といって、猫にとっては危険《きけん》な災害《さいがい》だということを、タマおじさんから聞かされていた。

去年の今ごろも、ひどい雨と風でふきとばされそうな夜があった。そのときは、クロミさんが避難場所《ひなんばしょ》になっている建物《たてもの》に連れて行ってくれたので、雨風をしのぐことができた。

ところが、この日はお空がまっ黒になったとたん、すごい量《りょう》の雨が音を立てて落ちてきた。地面も小川も、滝《たき》のようになって雨が流れていく。ぼくはダンボールハウスの中で、ゴウゴウと音を立ててふるはげしい雨にこまりきっていた。

何てひどい雨なの！　もうお外は水びたし。こんな中、とても避難場所《ひなんばしょ》まで行けやしない。おうちにも水が入ってきて体がぬれてきたじゃない。このままじゃ、おうちが水の中にしずみそう！　体もずいぶんひえてきたぞ。どうしよう。

おうちの中でブルブルふるえていると、ハウスをのぞきこむ綾乃《あやの》さんの顔が見えた。

「チャト、ひどい雨で心配《しんぱい》だったから、新しいおうちを作ってきたのよ。おうちもずいぶんぬれて、くずれそうじゃない」

綾乃《あやの》さん、こんなひどい雨の中、びしょぬれになるのに、ぼくを助けに来てくれたんだ。ハウスから出たら危険《きけん》だし、どうしてよいかわからず、こわかったの。

綾乃《あやの》さんはぼくをだいて、屋根のある休憩所《きゅうけいじょ》に移動《いどう》し、新しいおうちをテーブルの上においた。休憩所《きゅうけいじょ》といっても屋根があるだけで、四方から雨風が横なぐりにふきこんでいる。

「チャト、体がぬれているからふいておくわ。毛布《もうふ》を入れるからくるまっていて。ここならここならおうちに水が入ってこないから安全よ。石のおもりを乗せて、おうちが風でとばされないようにしたから、今日はずっとこの中で休んでいるのよ。あすの朝、見に来るから」

綾乃《あやの》さんはそう言って、心配《しんぱい》そうな顔で再《ふたた》びハウスをのぞきこんだ。

ちょっと体がだるいけど、ぼくは死なない薬を飲んでいるから平気だよ。ありがとう。

その日は夜中まで、ゴウゴウと風もひどくふきあれ、広場の大きな木がドーンという音とともにたおれたようだ。ぼくはすさまじい風の音がこわくて、ほとんど眠《ねむ》れなかった。

よく朝、台風は去って青空になった。綾乃《あやの》さんが広場を見て、おどろいて言った。

「こんな大きな木がたおれるなんて！　十数年ぶりの大きな台風だったわ。公園の木が三本もたおされたのよ。川の水があふれて、道路も水びたしになるくらいの大雨だった。昨日チャトのおうちを移動《いどう》していなかったら、チャトも流されていたかも……」

綾乃《あやの》さんは、ちゃんと台の上のおうちの中にいるぼくを見て、ほっと息をついた。

ぼくは何も食べられず、じっとしていた。でも、ピコさんから飲まされた薬のおかげで、食べなくてもだいじょうぶだった。

二日め、綾乃《あやの》さんがぬるめの牛乳《ぎゅうにゅう》をくれた。ぼくは牛乳《ぎゅうにゅう》だけ、ペチョペチョなめた。これ、ママのおっぱいの味がする。なつかしいママのにおいもする。ママ〜、ぼく、よたよたしていちゃだめだね。牛乳《ぎゅうにゅう》を飲むと、体がしゃきっとしてきた。

三日めには、とろりとしたおいしいごはんが食べられた。

そして、四日めには、おうちから出て、少しは歩けるくらいに体力が回復《かいふく》してきた。

「チャト、ちゃんと食べられるようになったから、もう安心ね。猫は自分で体を治《なお》す力があるからすごいわ」

タマおじさんが教えてくれたの　――　病気のときは、何も食べずにじっとしている。体力がもどるまでは風にあたらず、体をひやすな　――　あのときの勉強が役に立ったの。

「チャトが元気になってくれて本当にうれしいわ。ノラ猫は、たくましくて強い。どんなときでも、生きようと必死《ひっし》にたたかっている。自分の命を大切にしているもの」

綾乃《あやの》さんがノラ猫の生命力の強さをほめてくれたことが、とてもうれしかった。綾乃《あやの》さんの手におでこをスリスリして、感謝《かんしゃ》の気持ちを表した。

綾乃《あやの》さん、毎日来てくれてありがとう。こんなにぼくのことを心配《しんぱい》してくれる人がいるなんて……。今度は、ぼくが綾乃《あやの》さんを助けるからね。

ぼくはこのとき、綾乃《あやの》さんのためにできることは何でもしよう、と心にちかった。


病気でねこんでいる間、ぼくのことを心配《しんぱい》してくれたのは綾乃《あやの》さんだけではなかった。ボス猫のコテツさんが台風の次の日に、ぼくのおうちの前にやって来た。コテツさんはぼくのぐあいをたしかめるように、中をのぞきこんできた。

「チャト、災害《さいがい》のときは避難場所《ひなんばしょ》をちゃんと決めておいたのに、だめじゃないか。猫みんなプールの倉庫《そうこ》に避難《ひなん》したから、かぜもひかず、ぶじにひと晩《ばん》すごせたよ。チャトだけ来なかったから、取りのこされて大雨にうたれているのでは、と心配《しんぱい》だったよ。ミルクもシズカも心配《しんぱい》していたよ」

「心配《しんぱい》かけてすみません、コテツさん。早く元気になります」

ぼくは自分がひとりぼっちで生きているのではない、ちゃんと心配《しんぱい》してくれる仲間《なかま》がいる、ということがわかって元気が出てきたのだ。公園の猫みんなが大切な仲間《なかま》だ、ということにあらためて気がついた。

ひどいカゼをひいて大変《たいへん》な目にあったけど、綾乃《あやの》さんとはいっそう心が通じ合うようになった気がする。綾乃《あやの》さんは、ぼくの大切な守り神だ。

落ち葉が広場をうめつくす季節《きせつ》になった。

冬の日ざしのさしこむ朝、ぼくは自分のなわばりに、何かがしのびよる気配《けはい》を感じた。コテツさんくらい大きい影《かげ》が見えたので、急いでおうちからとび出していった。

「シャ～」、といかくしようと、しっぽをポンとふくらませ、体じゅうの毛をさか立てて自分を大きく見せてみた。体当りされたらふっとばされそうで、勝ち目がないのは明らかだが、できるだけすごみを聞かせたひくい声でさけんだ。

「こ、ここはチャトのなわばりだぞ。どっから来たんだ、あやしいやつめ」

「りっぱになわばりを守れるようになったじゃないか、チャト。でも、プッハッ、あいかわらずちっこいまんまだな」

それはなつかしいギンの声だった。別《わか》れたときのギンとは見ちがえるほどに、ふっくらとかんろくのある体つきになっている。

ぼくはハトが豆でっぽうを食らったような顔になって、一瞬《いっしゅん》体がかたまった。次の瞬間《しゅんかん》、ギンに向かって突進《とっしん》すると、ぼくたちはくるくる三回転してゴロリとくっついた。

「ギン、ギン、会いたかったよ」

ぼくは大声で何度もさけんだ。胸《むね》の奥《おく》がじ～んとして、涙《なみだ》がこぼれそうになる。

「ゴメン、ゴメン。来るのがずいぶんおそくなって」

ギンはぼくをまっすぐに見つめ、何度もあやまった。そのやさしげなまなざしは、昔《むかし》とかわらない。

ギンったらぽっちゃりして、すっかり野性《やせい》を失った猫になっている。きれいな首輪《くびわ》つけて、どっから見てもりっぱな飼い猫だ。そのうえ、においも変わっている。ギンからはノラ猫ではないとわかる、ぼくたちとはちがうにおいがする。

ぼくは、自分とあまりにちがうギンの姿《すがた》にとまどいながらも、ようやくギンに会えたよろこびが心の底《そこ》からこみあげてきた。何から話してよいか、すぐに言葉が出てこない。

「ギンは食堂《しょくどう》の飼い猫になったってゴンから聞いてたから、会いに来てくれるのを待ってたんだよ。ナッちゃんも元気にしている？」

「うん、ナツは今、キンっていう名前なんだ。ぼくはすぐに、同じギンと名づけてもらえてラッキーだった。金銀ペアなら縁起《えんぎ》がいいらしく、ナツはキンになっちゃった。

ナツと公園を出て三日後、知らないなわばりに入ってハラペコでどうしようもないときに、食堂《しょくどう》の台所にまよいこんだの。おじさんが魚をたくさん食べさせてくれたんで、お礼にお店の前でお客さんと遊んで、お見送りしていたの。二、三日店先で愛《あい》きょうをふりまいているうちに、飼ってもらえるようになったんだ。ナツは人をもてなす天才だからすぐに人気者になって、お客さんがふえて大いそがしさ。やさしいおじさんとおばさんにも大切にしてもらってるよ。

久しぶりの公園はいいな。風も草も土も、自然《しぜん》のにおいであふれている。飼い猫になって自由はなくなったけど、ナツといっしょに食堂《しょくどう》の看板猫《かんばんねこ》として生きていくよ。よく来るお客からギンちゃんってよばれて、かわいがってもらえる今がとても幸《しあわ》せだからね。

でもぼくたちがノラ猫だったから、お客さんたちをよろこばせることができるのかもしれない。公園で小学生の子どもたちとふれあったときの、子どもたちの楽しそうな笑顔《えがお》を思い出して、お客さんの相手をしているんだ。だから、この公園でくらしたことをわすれたことはないよ。もちろんチャトのことも、ずっとどうしているかと気になっていたよ」

「それを聞いて安心したよ。ギンの心は昔《むかし》とちっとも変わらない。ママの教えを守って、りっぱな食堂《しょくどう》猫として、ほこりを持って生きているんだね」

「チャトは公園猫として、ちゃんと生きられているの？」

ギンはすんだひとみでぼくを見つめた。

「ギン、ぼくはもう弱虫チャトじゃないよ。ナツほどのお仕事はできないけど、人にもかわいがられている。ぼくは綾乃《あやの》さんと特《とく》に仲よしで元気でやっていると、ナツにつたえて」

「ナツもそれを聞いたらよろこぶよ。チャトも幸《しあわ》せそうで、本当によかった」

ぼくは公園でのできごとをいっぱいギンに話した。コテツさんのこと、ミルクとタビちゃんのこと、綾乃《あやの》さんのこと。話し始めると、あとからあとから口をついて止まらない。

「ぼくがいないとおじさんが心配《しんぱい》するから、もう帰らないと。また来るよ」

ギンはそう言って、何度もふり返りながら帰っていった。

ぼくは胸《むね》がいっぱいになった。ギンとはいつまでも変わりなく兄弟でいられる。今も大切なぼくの家族。ノラ猫と飼い猫のちがいなど、どうでもよいことだ。いっしょにいられなくても、おたがいを思いやりわすれない——それで十分だ。

ピコさんと出会ってちょうど二年、ぼくはようやく大人になれた気がする。

胸のバッチののこり日数は、あと四一九になっていた。

十六、ネコノミクス

冬の寒さが少しずつやわらいできた。春のぽかぽかした日ざしが待ち遠しい季節《きせつ》だ。桜《さくら》の季節《きせつ》はまだ先なのに、はだ寒い公園をおとずれる人がふえているようだ。

ベンチでまったりとねそべっていると、親子づれが立ち止まり、「猫ちゃん、いるわよ」「ママ、猫だ。かわいいねえ～」、とにこにこしながら近づいて来る。

〈猫、かわいい〉という言葉だけは、だれが言ってもわかる。

ぼくたち猫って、めずらしかったっけ？

これまで猫なんか目に入らないように通りすぎた人たちが、猫の方にかけよってきて写真をとってくれる。さらには、「何だ、ノラ猫か。シッシッ、あっちへ行け」、と近づくだけでおこった人が、（猫もかわいいな～）、とでもいうように、親しみをこめた目をぼくたちに向けてくれる。

人っていつの間に、こんなに猫好きになったの？　この変《か》わりようはなぜかしら？

綾乃《あやの》さんも上の通りで猫の写真をとる人を見て、ぼくに話してくれた。

「チャト、今世間《せけん》では〈アベノミクス〉をもじって、〈ネコノミクス〉という空前のネコブームが訪《おとず》れているの。チャトも人気者だわ。チャトのきれいな黄金色《おうごんいろ》の毛並《けな》みはひときわ目をひくもの。この公園に一匹しかいない茶トラ猫は貴重《きちょう》な存在《そんざい》よ」

えっ、ネコブーム？　もしかして犬より猫のほうが人気あるの？　なんかえらくなったみたいで、うれしいな。みんなに教えてあげようっと。

ぼくはコテツさんを見つけて、うきうきした足どりで歩みよった。

「コテツさん、今ぼくたち猫の人気がすごく高まっているんだって」

「そうか、チャト、オレもへんだと思っていたんだ。よく、女の子たちからコテツ～、とかん高い声でよばれたり、写真をとられたりで、のんびりベンチでひるねもできないのさ」

「そうそう、コテツさんたらデレ～として、しっぽふってとんでいくから、見ていておかしくって。ボス猫ならもっとどっしりとかまえていてほしいな」

「公園を楽しくするのもボスの仕事さ。写真のポーズもきまってるだろ。チャトだって、写真のモデルをうれしそうにしてるじゃないか。ともかく、やさしい人たちがいっぱい来てくれて、公園がにぎやかになったな」

コテツさんは目を細めて言った。

このネコブームにあやかって、ぼくのいる広場にやって来る人もふえている。

その中でも、夕方に散歩《さんぽ》に来る老夫婦《ろうふうふ》のことが気になった。ぼくをかわいがってくれるのだが、帰るときにぼくをじっと見つめるまなざしが、いつもさみしそうに見えるからだ。

「チャト、あの人たちは去年飼い猫を亡《な》くしたんだけど、もう年だから新しい猫を飼えないんだって。だから、ここへ来てチャトに会うのが楽しみで心がいやされる、と話していたわ」

老夫婦《ろうふうふ》の帰ったあと、綾乃《あやの》さんがぼくに話してくれた。心がキュンとしめつけられた。

ぼく、人の役に立ってるの？　りっぱな公園猫になれたのかな。

ママ、猫によって人がいやされ、猫も幸せを感じる公園になったよ。


ピンク色にさきほこった桜《さくら》がちったころ、綾乃《あやの》さんが一人の女の子をつれて来た。

あれっ？　ぼく、この子見たことあるよ。ぼくがまだ子猫《こねこ》だったとき、公園に遊びに来ていた小学生の女の子グループの中にいたような……。たしかナツをよくひざに乗せてかわいがっていた子じゃないかな？　あれからずいぶんたつから、大きくなって小学生じゃあなさそう。

「チャト、私の子どもの陽菜乃《ひなの》よ。おぼえているかしら」

綾乃《あやの》さんが紹介《しょうかい》してくれた。

えっ、この子、綾乃《あやの》さんの子どもだったの？　陽菜乃《ひなの》ちゃん、ていうのか。

「チャト、ずいぶん久しぶり。小学生のときは友だちと公園に来て、猫たちと遊ぶのが楽しみだった。茶色のチビ猫だったチャトは、私たちが来るとすぐにかくれてしまったから、さわったことがなかったわ。けど、大好《だいす》きだったトラ猫のチビが突然《とつぜん》いなくなったので、悲しくってもう公園に行かなくなってしまったの。チャトのことはお母さんからよく聞かされていたから、また会いたくなったの。チャトは今でも小さくて、茶トラの柄《がら》がくっきりしていて、本当にきれいね」

陽菜乃《ひなの》ちゃんがぼくをじっと見て話しているが、何を言っているのかわからない。

「そうでしょ。私もチャトの毛色が大好《だいす》きなの。心が明るくなる金色だもの」

綾乃《あやの》さんは茶トラ猫が好きだって、初めて聞いた。ぼく、茶トラでよかったな。

綾乃《あやの》さんが、ぼくの背中《せなか》をなでながら言った。

「チャトはいつもいい子よ。猫パンチもかむこともしないし、おとなしいの」

それはね、凶暴《きょうぼう》な猫は一番きらわれるから、人に猫パンチもかむこともするな、っていうママの教えを守っているんだ。

陽菜乃《ひなの》ちゃんは、ぼくを感心したように見つめて言った。

「まあ、そうなの。うちのチョコは時々、くるったように猫パンチをくりだすのに……」

「それにチャトはカンがするどいっていうか、私の話すことがわかるみたいなの。チャトと話しているると、友だちとおしゃべりしているみたいに感じることがあるわ」

えっ！　綾乃《あやの》さん、ぼくの能力《のうりょく》に気がついていたの？　まあいいか。

「猫がおしゃべりできる友だちだなんて、おかしなお母さん。よっぽどチャトが好きなのね。私、もう一人でも来られるから、部活《ぶかつ》のない日はチャトに会いに来ていいでしょ」

それからは陽菜乃《ひなの》ちゃんもときどき来てくれる。ぼくの大好物《だいこうぶつ》のおやつをくれるから、会えるとうれしくなる。

綾乃《あやの》さんと二人で来た日、陽菜乃《ひなの》ちゃんがぼくの顔を見て、何かつぶやいた。

「チャトはおとなしい猫だから、家に連れて帰ってやりたいねえ」

「陽菜乃《ひなの》がチャトを家に連れて帰りたいって」

綾乃《あやの》さんがもう一度言ってくれたので、ぼくは理解《りかい》できた。陽菜乃《ひなの》ちゃんの顔をのぞきこんだがはずかしくなった。てれかくしに、前足をあげて顔をこすった。

陽菜乃《ひなの》ちゃん、ありがとう。ノラ猫のぼくを連れて帰ってくれるなんて……。ぼくは今のままで十分幸せ《しあわせ》。毎日でも会いに来てほしいな。

このときぼくはふと思いついて、胸《むね》のバッチにさわってみた。陽菜乃《ひなの》ちゃんはもちろん、綾乃《あやの》さんもバッチには何の反応《はんのう》もなかった。二人が病気ではない、とわかったので安心した。

二人がぼくの体をかわりばんこになでるので、ぼくは気持ちよくなって、うとうとし始めた。目をとじていると、綾乃《あやの》さんのつぶやく声が聞こえてきた。

「チャトはすなおで性格《せいかく》のよい子だから家で飼ってやりたい、と思ったことは何度もあるの。でも、うちのチョコは他の猫を受け入れないわがままな性格《せいかく》だから、家に連れて帰るのはむりなの」

そのときぼくは初めて、綾乃《あやの》さんのお家で大好《だいす》きな人たちといっしょにくらしている自分の姿《すがた》を想像《そうぞう》した。ありえないことだと思いながらも幸せだろうな、という気持ちがわきあがってくるのをおさえることができず、ぼくの胸《むね》はキュンと鳴った。

夏もあっというまに終わり、秋空の美しい季節《きせつ》になった。

ネコブームのおかげで、公園に猫をすてる人も、猫をじゃまものあつかいする人もいなくなった。

十七、ぼくの苦しみ

ぼくは毎日が楽しくて、夢中《むちゅう》にすごすうちに、星の世界のことをすっかりわすれていた。ぼくに会いに公園に来てくれる人たちにかわいがられ、有頂天《うちょうてん》になっていたのだ。いや、本当はわすれることなどできはしない。なぜなら、ぼくの胸《むね》にはピコさんによってうめられたバッチがあるのだから。でも、バッチにはふれないように、見ないようにしていたかった。

広場がもみじで赤くそまったある日、バッチをおそるおそる見ると、のこり日数が九七になっている。

いつのまにかのこりが二ケタまでへっていた。いよいよ星の世界へ行く日が近づいてきた。けれども、目の前の現実《げんじつ》を受け入れることができない。

「まっ暗な星の世界なんていやだ。つめたい、こわい」

夜になると、やみに向かって大声でさけんだ。一日、また一日とすぎるたび、ぼくの心に不安がつのってくる。不安が恐怖《きょうふ》に近い感情《かんじょう》に変わっていく。

落ち葉の季節《きせつ》になると、ぼくの毛色と同じ黄金色《おうごんいろ》の葉っぱで地面がうめつくされた。大きな木にしげっているときの葉は美しく、みんなが目をとめて「きれいねえ」、と言ってくれるのに、落ち葉になると、めざわりなゴミを見るような目つきにかわる。人はカシャカシャ音をたてながら、落ち葉をふみつけて行きすぎる。

ぼくも、あの落ち葉と同じ……。公園にいればみんなかわいがってくれるけど、星になったらだれも気づいてくれないだろう。はてしなく広い星空で、ひとりぼっちで光をはなち続けなければならないの？　だれ一人として、その星がチャトだとわかってくれないのに……。

ぼくの心は、氷《こおり》にとざされたようにつめたくなった。長くこごえるほど寒い夜、ハウスの中に入ってねむろうとしても、胸《むね》がはりさけそうに苦しくてねむれない。

「助けて！　ぼくを助けて……」

幸せの形が見えてきて、ようやくそれをつかむことができたのに、すべてをすててお空へなんか行きたくない。ぼくの望みは、綾乃《あやの》さんや仲間《なかま》の猫たちと、ずっといっしょにくらしていくこと。だから、ぼくの幸せはこの公園の中にあるのに……。

冬の夜空にりんとして輝《かがや》くシリウスを見ると、せつなさがこみあげてくる。雄大《ゆうだい》なオリオン座を見上げると、星座《せいざ》の中にすいこまれそうな気がする。もう、星なんか見たくない。このまま時が止まってくれたらよいのに、とぼくはねがった。

綾乃《あやの》さんが、そんなぼくの思いなやむ胸のうちを見すかすように言った。

「チャト、なんかいやなことでもあるの？　いつもお話わかるんだよ～って顔して、かわいさをアピールしていたのに、このところ下ばかり向いておどおどしているわ。おひざにも乗ってこないし、いったい何におびえているのかしら？」

綾乃《あやの》さん、ぼくのことわかるんだ。ぼくね、もうすぐ綾乃《あやの》さんともお別《わか》れしないといけないの。胸のバッチののこり日数がどんどんへっていく。どうすればいいの？

星になんてなりたくない。この胸のバッチがなければよいのに……。でも、自分の運命を変えることなんて、できはしない。

ぼくは、自分の心にわき上がる気持ちをおさえられず、うろたえ苦しんでいた。


「チャト、今日から新しい年が始まった。お正月のごちそうを持って来たから、いっぱい食べて元気出すのよ。今年もがんばろうね」

綾乃《あやの》さんのよびかけに、ぼくは「ニャー」、と弱々しい声で返事をした。

「今夜はいい夢《ゆめ》を見てね。えんぎのいい初夢《はつゆめ》を見ると、一年幸せにくらせるの」

ぼく、あと五十日くらいしか新しい年をすごせない。だから、えんぎのいい夢なんて見れっこないよ。

その夜、夢の中の光景《こうけい》だとは思えないくらい、色あざやかな夢を見た。

――そこは銀河船《ぎんがせん》の中だった。ぼくと同じような茶トラ猫が、まわりじゅうに数えきれないほどたくさんいて、みんなまぶしいくらいに輝《かがや》いていた。まるで、金色のじゅうたんをしきつめたようだ。船内放送《せんないほうそう》が流れてきた。

「一分後に、天の川と合流します。カウントダウン、スタート。六十、五十九、……」

「チャト、パパとはなれちゃだめだよ」

「うん、ずっとパパといっしょにいるよ」

夢の中のぼくが答えた。となりにいる猫は、J四九七号と書かれた名札《なふだ》をつけている。ぼくはその猫にぴったりよりそって、低《ひく》い体勢《たいせい》になっていた。

「……四十、三十九……」――そこで夢からさめた。

ぼくは目をゴシゴシこすった。息苦しくなったので、深呼吸《しんこきゅう》してみた。

何、今の夢？　パパって！　会ったことはないけど、とてもなつかしい感じがする猫。銀河船《ぎんがせん》の中に、ぼくのパパがいるの？

ぼくの毛並《けな》みはパパそっくりだと、ママから何度も聞かされていた。夢の中のやさしそうな茶トラ猫のまなざしが、まぶたのうらにやきついてはなれない。

もしかして、パパもぼくと同じように、星になる運命の茶トラ猫なの！

こんな偶然《ぐうぜん》あるのかしら？　でも、ぼくのパパもピコさんに見つけられ、星の世界へ行く約束《やくそく》をしたのなら……。頭が混乱《こんらん》してきたけど、今すぐピコさんに聞いてみよう。はやる気持ちをおさえきれずに、ピコさんに連絡《れんらく》を取った。

「こちらJ五百号、チャ、チャトだよ。教えてほしいことがあるのですが……」

「チャト、ねえ、あせらずゆっくり話してくれる」

「あっ、はい。ピコさんがつかまえたJ四九七号ってどんな猫ですか？」

「ちょっと待って。データーを調べるから……。あった、これだわ。

J四九七号、出会った時は三才だったから、今は六才ね。N公園で見つけた猫よ」

「N公園というのは、ぼくのいるO公園の近く？　その前はどこにいたかわかりますか」

「O公園の二キロ南にある大きな公園よ。その前はどこにいたかわからないけれど、かしこくておだやかな猫だった。あっ、半年前に命を助けたのが、三毛猫のおくさんだったわ」

「三毛猫」という言葉を聞いて、心臓《しんぞう》のこどうがドキリと高鳴るのを感じた。

「その三毛猫のしっぽ、曲がっていて短くなかったですか？」

「そうそう、ずいぶん短いうえに先がおれ曲がっていたから、よくおぼえているわ」

「その三毛猫、病気が治《なお》ったんですね」

「ええ、すぐに元気になったわ」

「ピコさん、…………〈ありがとう。ぼくのママを助けてくれて〉」

胸にあついものがこみあげてきて、もうそれ以上言葉が出てこない。ふいに涙《なみだ》がほおをつたってきた。ぼくは三年間、ママのことも、ママから教えられたことも、何ひとつわすれていなかった。ママはパパといっしょにどこかでくらしている、と信《しん》じていた。なつかしいママ、ぶじでよかった。パパは、〈大切なものの命を助けられる能力《のうりょく》〉を使って、ママの命をすくってくれた。

パパ、ありがとう。星の世界へ行ってパパに会えたら、ママのことをいっぱい聞きたい。かぎりなく広がるお空で、ひとりぼっちになることがこわくてたまらなかった。でも、パパといっしょならさみしくない。ずっとパパのとなりで輝《かがや》いていられる。

ピコさんとの交信《こうしん》を終えると、ぼくの心にあった苦しみ、なやみ、今のくらしへの未練《みれん》がきれいに消えていった。

自分が公園を去ることを、だれにもさとられてはいけない。綾乃《あやの》さんには、びくびくした胸のうちを見ぬかれているから、いっしょにいられる間は楽しくすごせるようにしよう。

お星さまになる。ぼくは心を決めた。

十八、病気のシグナル

胸のバッチののこり日数が、ついに十日となった。

「チャト、このごろいい子ね。もうおびえることもないし、のんびりあまえてくれるわ」

綾乃《あやの》さんが帰ろうとすると、もっといてよというように、おでこをくっつけたり、ピコ〜ンと体をのばしてみたり、かわいさをアピールしている。

「チャトを見ていると、心がなごむわ。チャトはとってもあまえんぼうでかわいいもの」

ぼくはあと十日でお別《わか》れだなあ、としみじみ感じながら綾乃《あやの》さんを見つめた。これが最後《さい》と、のびをしながら綾乃《あやの》さんの前にまわり、胸《むね》のバッチをさわってみた。

すると、バッチがぼんやり赤く光ったのだ。その光はうす暗い赤色だった。

（初めはぼんやりとした赤色に光り、死が近づくにつれ、まっ赤に強く光るようになる）というピコさんの言葉が、頭の中でくるくる回っていた。一瞬《いっしゅん》、目の前がまっ暗になった。

えっ！　何かのまちがいじゃあ……。夏にバッチにふれたときは、何の反応《はんのう》もなかったのに……。綾乃《あやの》さんはいつも元気に走り回っているから、どこか悪いなんて信《しん》じられない。

その場からにげるようにヤブにかくれたが、ぶるぶると体のふるえが止まらない。

「は、早くピコさんをよばないと。あと十日しかないのに、今ごろ病気が見つかるなんて」

ぼくは、あわてふためいていたせいで、バッチをなめるのをわすれた。二回失敗《しっぱい》して交信《こうしん》のしかたを思い出し、バッチを三回なめて、「ピコさん」、と大声で三回さけんだ。

「ピコさん、ギャ～ン、フニャ～ン。ぼ、ぼくの一番大切な人が病気みたい。バッチがぼんやり赤色に光ったの。ど、どうすれば助けられるの？」

「チャト、たいへんだけど、とにかく落ち着いて。人を助けるのは簡単《かんたん》じゃないの。病院《びょういん》で検査《けんさ》して、何の病気か調べないといけないし、手術《しゅじゅつ》しないと助からないこともあるの。でも、まだバッチの光り方が暗いうちなら、十分まにあうわ。

星の大王様おつきのお医者様に相談《そうだん》するから、明日、その人の前に立って、体じゅうをバッチに映《うつ》してみて。どこが悪いのか調べてから、助ける方法を考えるから」

「わかった、ピコさん。と、とにかく明日よろしくお願

いします」
ぼくは心配《しんぱい》で、その夜はねむれなかった。綾乃《あやの》さんの病気がすぐ治《なお》るものであるように
と、ひたすらおいのりするしかなかった。

よく日、ぼくはピコさんに言われたように綾乃《あやの》さんの前に出て、頭から首、胸《むね》、お腹《なか》と
くまなく体を移動《いどう》させた。綾乃《あやの》さんの体が胸のバッチに映《うつ》るようにと、真剣《しんけん》な顔になる。
「チャト、どうしたの？　こわい顔して胸をはって、上を向いたり下を向いたり、体をそ
んなにそっくり返して。おかしなの」
綾乃《あやの》さんは、クスクスわらっていた。でも、ぼくは必死《ひっし》で体をのばしつづけた。それか
ら、「ニャ〜オ、ニャ〜オ」、と大声で綾乃《あやの》さんによびかけた。
綾乃《あやの》さん、自分の病気に早く気づいて。お願いだから……。

――おとめ座の星座《せいざ》ステーション
ピコの横で、一番えらいお医者様がくいいるように、バッチに映った綾乃《あやの》さんの体の中
を見ていた。
「あっ、あった。お腹《なか》だ！　お腹にある大腸《だいちょう》の中に、キノコ状《じょう》のものが見える。形からみ

てガンのようだから、すぐ手術《しゅじゅつ》をして取らないといけない。ピコ、あの人はまだ、ガンに全く気づいていない。もし、このまま二年ほおっておいたら、ガンがどんどん進行して命が危険《きけん》になる。すぐに公園へ行って、病院《びょういん》で見てもらわなければいけないような症状《しょうじょう》が出る薬を、あの人にふりかけなさい。病院《びょういん》で検査《けんさ》を受ければ、ガンだとわかるはずだ」

お医者様は、熱《ねつ》が出てお腹《なか》もいたくなるような薬を調合《ちょうごう》して、ピコにわたした。

「うまくいくとよいな。今なら初期《しょき》ガンだから、すぐに手術《しゅじゅつ》すれば助かるよ」

「わかりました。今から向かいます。ありがとうございました」

ピコはお医者様の言葉を聞いて、ほっと胸《むね》をなでおろした。これならきっと、チャトの役にたつ。チャトの大切な人を助けられる、と信《しん》じてとび立った。

ピコさんは、「明日行くから待っていて」、という一言だけの連絡《れんらく》をくれた。

その日は、ぼくは綾乃《あやの》さんのことで頭がいっぱいだった。

——幼《おさな》かったころ、ママやギンのかげにかくれてもじもじしていたとき、いつも気にしてごはんをおいてくれたこと。「チャト」という名前をつけてくれたこと。初めておひざに乗ってゴロゴロのどを鳴らしたとき、とてもうれしそうにしてくれたこと。嵐《あらし》の夜にカゼをひいたとき、ずっと看病《かんびょう》してくれたこと。毎日楽しいおしゃべりをしてくれたこと——

――綾乃《あやの》さんがいなければ、ぼくはずっとおく病で弱虫な猫だったろう。ぼくの心をささえてくれた綾乃《あやの》さん。だれよりも大切な綾乃《あやの》さんが病気になるなんて！

冬の夜は、しんと静《しず》まり返ってさみしい。重くてしずみそうになる気持ちを、ぼくはこらえた。今、悲しんでいる時間はない。どんな病気でも必ず綾乃《あやの》さんを助けよう、と自分の心をふるい立たせた。

長い夜が明け、お日さまが少し高いところまでのぼってきた。ピコさんのロケットが、音も立てずにぼくのいる広場におりてきた。ぼくは、おろおろしながらピコさんをむかえた。

「チャト、お手がらよ。病気を早く見つけられたから、大切な人の命をすくえるのよ」

ピコさんは言ったが、ぼくの胸はドックン、ドックンと音が聞こえるくらいはげしく打っている。

「綾乃《あやの》さん、どこが悪いの？　助かるよね」

「お医者様が大腸《だいちょう》ガンだと診断《しんだん》してくれた。でも、初期《しょき》だから、すぐ手術《しゅじゅつ》すれば完全に治《なお》るってことよ」

「えっ、ガンだって！　綾乃《あやの》さんから、友だちがガンで亡《な》くなった、と聞かされたことがある。とてもおそろしい病気なんでしょ？」

「ガンは、発見がおくれたら死ぬこともある病気だわ。とにかく、すぐに綾乃《あやの》さんを病院《びょういん》へ行かせないといけないの。ちゃんと検査《けんさ》を受ければ、自分の病気がガンだとわかるわ。そのために、綾乃《あやの》さんが熱《ねつ》を出して、体調《たいちょう》をくずす薬をかけるのよ」

「わかった、ピコさん。それで、病気はいつ治るの？　ぼくはあと八日でお空にいくはずだけど、それまでによくなるんでしょ」

ぼくは治る病気だと聞いてひと安心したが、どうしても自分のいる間に元気になってくれないとこまるのだ。

「それは絶対《ぜったい》にむりよ。検査《けんさ》はいくつかしないといけないし、入院《にゅういん》して手術《しゅじゅつ》をするから、三月の終わりくらいまでかかるわ」

ぼくはがくぜんとし、地面にへたりこんだ。しばらく動けずに、考えこんでいた。

綾乃《あやの》さんが来たので、ぼくは綾乃《あやの》さんのところへ走っていき、ピコさんもぼくの後をおった。いつもと何も変わらないふりをしてごはんを食べたが、味もわからないし、のどを通らない。心臓《しんぞう》がバクバクこ動する音が聞こえないように、わざとペチャペチャ音を立ててごはんを口につっこんだ。その間に、ピコさんは大量《たいりょう》の薬を綾乃《あやの》さんにふりかけた。

綾乃《あやの》さんが帰った後、ぼくは頭を地面にこすりつけて、ピコさんにたのんだ。

「ピコさん、綾乃《あやの》さんの病気が治ったことがわかる日まで、お空に行く日をのばしてもらえませんか。どうかおねがいします」

ピコさんは考えこむように目をとじた。いったんロケットの中へ入り無線機《むせんき》で何か話していたようだ。ピコさんがもどってきて、やさしい目をぼくに向けた。

「チャトの気持ちはいたいほどわかるから、特別《とくべつ》に三月三十一日までのばしてあげるわ」

「えっ、本当にいいの？」

ぼくは、ぱっと目を見開いてたずねた。

「大切な人の命が助かった、と自分の目でたしかめられたときに、あたえられた能力《のうりょく》が使えたことになるもの。星の大王様がゆるしてくれたからだいじょうぶよ」

「ピコさん、ありがとう。ぼく、綾乃《あやの》さんの病気が治るまでは、いっしょにいられるんだね」

「ええ、治るのを見とどけられる。それならチャト、胸のバッチを取らないといけないわ。バッチがあると、二月二十二日にロケットになって、とび立ってしまうもの」

ピコさんはぼくの胸からバッチを取り出した。その瞬間《しゅんかん》、ぼくの目の前からピコさんの姿《すがた》が消え、透明星人《とうめいせいじん》になったピコさんの声だけが聞こえてきた。

「バッチがないから、綾乃《あやの》さんの言葉はわからなくなるわ。私の姿《すがた》も見えなくなったでしょ。まだ寒いから、おむかえの日まで元気でいられる薬を、飲んでおいたほうがいいわ」

ぼくの口に薬が入れられた。再《ふた》び、ピコさんの声だけがひびいてきた。

「三月三十一日の夜に、ここへむかえに来るわ。お月さまを見れば日のたつのがわかるの。ちょうど二月二十三日と、三月二十三日が満月《まんげつ》。その後、半月になるのが三月三十一日だから、半月になったら約束《やくそく》の日よ」

「わかった、お月さまを見てひと月を数えるのは、小さいときに教わったの。二回目の満月《まんげつ》の後の半月の日だね。ピコさん、本当にありがとう。わがまま聞いてくれて……」

ぼくはお礼を言って、ピコさんの声のする方へ向かって、深々と頭を下げた。

「綾乃《あやの》さんの病気を見つけてから、こわくて胸がおしつぶされそうだったの。綾乃《あやの》さんを助けられるのなら、こんなにうれしいことはないよ」

「私も綾乃《あやの》さんの病気が治ることを、心から祈《いの》っているわ。チャトは悲しいことをのりこえて、いつもまっすぐに生きている。だから、大好《だいす》きよ」

という言葉とともに、ピコさんの気配《けはい》が消えていった。

ぼくは胸のバッチがなくなって、みょうに体が軽くなった気がした。これまでぼくをしばっていた重りのようなものが消えた。

か、かんちがいするな！　星の世界へ行く日がのびただけだ。綾乃《あやの》さんが元通りの体になれば、ぼくは思いのこすこともなく、お星さまになるから……。

このとき、ぼくは自分の運命に感謝《かんしゃ》した。大好《だいす》きな綾乃《あやの》さんを助けることができる。これで綾乃《あやの》さんに、今までの恩返《おんがえ》しができるのだ。


次の日から数日、綾乃《あやの》さんは来なかった。代わりに陽菜乃《ひなの》ちゃんが来てくれた。綾乃《あやの》さんの検査《けんさ》が進み、ちゃんと病気が見つかっていることをねがった。

ほぼ満月《まんげつ》の二月二十二日、ぼくは夜空をてらす大きな月をじっと見つめていた。ぼくのパパも、星の世界へ向けて出発する夜だ。いよいよ、運命のレールが動き始めた。

それから一週間後、Y町にいるゴンがひどくあわてた顔をして、ぼくのいる広場へ走って来た。ゴンは息《いき》を大きくフウッとはいて、早口で話し出した。

「チャト、いた！　オイラのパパどこかで見なかった？　満月《まんげつ》の夜に急に姿《すがた》を消したから、みんな必死《ひっし》でさがしているんだ。さっき、となりのS町に聞きに行ったら、そこでも茶トラのオス猫が一匹いなくなったらしい。もしやチャトもいなくなったのでは、と思って急いで来たんだ。この公園では急に姿《すがた》を消した猫はいない？」

「いいや、ここではみんな変《か》わりないよ。パパがいなくなってたいへんじゃないか」

「パパはちょっと前に、ボスをぼくにゆずるって言い出したの。どこか旅にでも出たのかなって思ってたけど、S町でも同じように猫がいなくなってるし、おかしいだろ」

ゴン、パパが旅に出たのは本当だよ。それも遠い遠い宇宙《うちゅう》のかなたへ行ったから、もう帰って来られない。でも、二年前にゴンの命を助けられたのだから、よろこんで旅立って行ったと思うよ。本当のことは話せなくてごめん……。

「ゴン、ぼくも公園の上のあたりをさがしてみるよ。つらいだろうけど、しっかりしてね」

肩《かた》を落として帰って行くゴンの後ろ姿《すがた》は悲しそうで、胸がいたんだ。

綾乃《あやの》さんはまたぼくの所に来ているが、ガンのような重大な病《やまい》をかかえているようには見えない。早く手術《しゅじゅつ》して病気を治してくれないものかと、ぼくはやきもきしていた。

綾乃《あやの》さんの口数がへり、うつむきかげんで考え事をしているように見えることもあった。「チャト」、とぼくをよぶ声の調子も、これまでのような明るさがない。

綾乃《あやの》さん、ガンと診断《しんだん》されて落ちこんでいるのではないかしら。何かはげましてあげたいけど、ぼくにできることは、綾乃《あやの》さんの前でせいいっぱいはしゃいであまえることくらいだ。

うっすらと春の気配《けはい》を感じるようになったころ、綾乃《あやの》さんはていねいにぼくの頭や背中《せなか》をなでながら、か細い声で言った。

「チャト、明日から入院《にゅういん》して手術《しゅじゅつ》を受けるから、二週間くらい来られなくなるの。でも、お医者様も初期《しょき》ガンだから手術《しゅじゅつ》で完全に治る、と言ってくれたのでだいじょうぶ。私が退院《たいいん》するまでは、陽菜乃《ひなの》が来るから安心していてね」

綾乃《あやの》さんの言葉は理解《りかい》できないが、明日から入院《にゅういん》して手術《しゅじゅつ》を受けるのだとわかった。

綾乃《あやの》さん、病気早く治して帰ってきてね。ぼくはちゃんと待っているよ。

十九、奇跡《きせき》が起きた茶トラ猫

三月のある日、茶トラ猫をめぐるミステリーじみた記事が、瀬戸内新聞《せとうちしんぶん》にのった。

〔猫の日ミステリー　～二月二十二日、茶トラ猫の相次ぐ失そう〕
猫の島として有名な瀬戸内海《せとないかい》のA島は、茶トラ天国といわれるくらい茶トラの猫が多い。テレビの特集番組でも、えさ場に集まる茶トラ猫が二十数匹、映《うつ》し出されていた。ところが二月二十三日、茶トラの猫だけが半分くらいにへっていると、住民も観光客《かんこうきゃく》もさわぎ出した。調べてみると、十匹の全身茶トラのオス猫だけが消えていた。
この話がA島観光《かんこう》ホームページのニュースにのせられるとすぐに、地域猫《ちいきねこ》として世話していた茶トラ猫が行方不明《ゆくえふめい》になった、という書きこみが相次いだ。そこで、A島観光《かんこう》協会《きょうかい》がホームページに、《茶トラ猫、失そう掲示板《けいじばん》》のコーナーをたちあげた。すると、関東、東海、関西地方の公園、神社、商店街《しょうてんがい》などから、茶トラのオス猫だけが急に姿《すがた》を消した、という書きこみが多数よせられたのである。
はたして、猫たちはだれによって、どこへ、何の目的で連れ去られたのだろう？

人が連れ去るところを見たという目撃情報《もくげきじょうほう》は全くない。それならば、宇宙人《うちゅうじん》が猫たちをUFOに乗せて、運んでいったのだろうか。

なぜ、茶トラのオス猫だけなのか？　なぞは深まるばかりだ。

――おとめ座ステーション
この記事が新聞にのった朝、宇宙《うちゅう》ネット上でそれを見つけたおとめ座の神様は、ピコとポコをよんで記事を見せた。神様が声に出して読み終えたちょうどそのとき、緊急事態《きんきゅうじたい》を知らせるサイレンがステーション内に鳴りひびいた。すべてのモニターテレビのスイッチが入り、画面いっぱいに星の大王様がうつし出された。大王様の表情《ひょうじょう》はこわばっていたが、落ち着いた声で放送を始めた。

「星の世界のみな様、緊急事態《きんきゅうじたい》の発生です。計画《けいかく》しておりました《天の川の星プロジェクト》の中止を決定いたしました。三年半の準備《じゅんび》期間中、力をつくしていただいたみな様、突然《とつぜん》のことで本当にもうしわけありません。くわしいことにつきましては、こちらの使者を各星座《せいざ》ステーションに向かわせ、説明《せつめい》いたします」

大王様はゆっくりと同じ言葉をくり返し、画面はふたたびまっ暗になった。

「な、何だって！　急に中止するなんて」

おとめ座の神様が、うなるようなさけび声をあげた。ピコとポコは体の力がぬけて、へなへなとひざをついた。ピコの顔はまっ青になり、かぼそい声をしぼりだした。

「さっきの新聞記事のせい……、私が調子にのってA島で猫を十匹も集めたことが原因《げんいん》で、プロジェクトの中止という非常事態《ひじょうじたい》におちいったのでは……」

「いや……、ピコが悪いんじゃない。多分国土のせまい日本で、千匹も集めることにむりがあったんだ。そのうえ今、日本では異常《いじょう》ともいえるネコブームが起きている。ノラ猫には見向きもしなかった人たちが、地域猫《ちいきねこ》として大事に世話するようになったらしい。日本人はブームに弱い、おかしな民族《みんぞく》のようじゃ。と、ともかく、大王様の使者が来るのを待とう」

おとめ座の神様はまだおどろきをかくせない顔つきではあるが、必死《ひっし》でピコをかばった。

その日の午後、星の大王様がじきじきにおとめ座のステーションをおとずれた。星の大王様のおでましに、おとめ座星人《ざせいじん》みんな緊張《きんちょう》して出むかえた。大王様は、おとめ座の神様とピコ、ポコを近くによびよせた。

「朝の放送どおり、プロジェクトは中止だ。日本での茶トラ猫失そうのミステリー事件が新聞にのって、宇宙船《うちゅう》によるゆうかい事件だとまで推測《すいそく》されている。今は日本だけだが、世界各地で猫の失そうを取り上げられたら大ごとになる。

私たちはノラ猫というものが全くわかっていなかった。飼い主がいない猫でも、大切にされ愛《あい》されている。猫はかわいがってくれる人と、強いきずなでむすばれているようだ。

まずは、日本から連れて来た猫千匹を、すべて元の居場所《いばしょ》に返すことにした。ただし、猫たちにはこのプロジェクトのことをわすれてもらわないといけないから、ピコとポコに出会ったときからの記憶《きおく》をすべて消し去ることにする。記憶《きおく》のなくなった三年分は、これから先元気に生きられるように、薬を飲ませることにしよう。猫たちがそれぞれ、元の居場所《いばしょ》にもどれるロケットを大至急《だいしきゅう》つくってくれ。たのんだよ」

大王様は一気にそこまで話して、肩《かた》で息をついた。

「各国から連れて来たのこりの猫たちは、どうなるのでしょうか?」

おとめ座の神様がえんりょがちに問いかけた。

「もちろん元の居場所《いばしょ》に返すよ。ただ宇宙《うちゅう》でのくらしが気に入って、元のノラにはもどりたくないとねがう猫がいたら、私のステーションでくらせるようにしたいと思う。猫たちがじゃれあったり、毛づくろいしたりする姿《すがた》はかわいくて、私たち星人をいやしてくれるからな。猫はそばにいてくれるだけでいい。猫の体はしなやかで、実に美しい生き物だとわかったから、私も大の猫好きになってしまったよ」

「それを聞いて安心しました。大王様、順調《じゅんちょう》に進んでいたプロジェクトが、日本の新聞記事のせいでだいなしになってしまい、まことにご迷惑《めいわく》をおかけしました。心からおわびもうしあげます」

神様は深く頭を下げて言った。

「いや、私がまちがっていた。この世にいらない命なんてない。どんな小さな命でも貴《とうと》いものだ。大切なことを気づかせてくれてありがとう。

だが、このプロジェクトには大きな意味があったよ。私たちは地球上《ちきゅうじょう》のたくさんの猫や人の命をすくった。猫たちは記憶《きおく》を失って帰っても、そこには待っている猫や人がいる。きっとまた幸《しあわ》せにくらせるだろう」

大王様はおだやかな表情《ひょうじょう》で話を終えて、帰っていった。


「さあ、これからいそがしくなるぞ、急いでロケットをつくらねば」

神様がピコとポコにほほえみかけた。

ピコとポコも、猫たちが大好《だいす》きな人や仲間《なかま》と共に、再び自由に生きられることがうれしくてたまらなかった。そのとき、ピコの頭にチャトの顔が思いうかんだ。

――一匹だけ、記憶《きおく》を消せない猫がいることを、大王様も神様もわすれたのだろうか？

いや、わかっていて見のがすんだ。チャトは銀河船《ぎんがせん》に乗っていないし、だれにも決して話さない、と信《しん》じてくれているのかも……。

あのとき、私が最後《さいご》にチャトに飲ませた薬……、とっさに十年用の薬を取り出してチャトの口に入れてしまった。病気が治《なお》った綾乃《あやの》さんといっしょにいられるように、チャトをあと十年生かしてあげたい、と心のどこかでねがったのね。チャトが綾乃《あやの》さんのことを大切に思う気持ちに、胸《むね》を打たれたから……。そう、これでよかったの。

チャトは約束《やくそく》の夜に、きっと私を待っているにちがいない。私はもはや、日本に行くこともないわ。どうか、大好《だいす》きな人と幸せに生きてね。チャト、長生きするのよ。——

三月二十五日、日本の猫九九九匹は、記憶《きおく》を失う薬と、あと三年は元気で生きられる薬を飲まされた。猫たちが用意されたロケットに乗りこむ前には、ねむり薬も飲まされた。

そして、九九九匹の猫は、ねむったまま元の居場所《いばしょ》に帰って行った。

二十、ぼくの運命

綾乃《あやの》さんが入院《にゅういん》してから、陽菜乃《ひなの》ちゃんが毎朝ぼくの世話をしに来てくれる。陽菜乃《ひなの》ちゃんが笑顔《えがお》で来てくれるから、綾乃《あやの》さんの手術《しゅじゅつ》、うまくいったんだ。元気な顔が一日も早く見たいな。綾乃《あやの》さんの退院《たいいん》して来る日が、待ち遠しくてたまらない。

ぼくは綾乃《あやの》さんが入院《にゅういん》した日から、公園のすぐ上にあるH神社へ夜、おまいりに行くことにした。神社へおまいりに行く人たちを見たことがあるので、何かお願《ねが》い事のあるとき、人はおまいりするのではないかな、と思ったから、ぼくも綾乃《あやの》さんの病気の治ることをおいのりしている。

ぼくは大きな銀の鈴《すず》がついたひもにとびついて、ガラガラ鈴を鳴らし、二本の前足を上げてこすり合わせた。四角い木の箱にみんな丸い物を投げ入れていたので、小

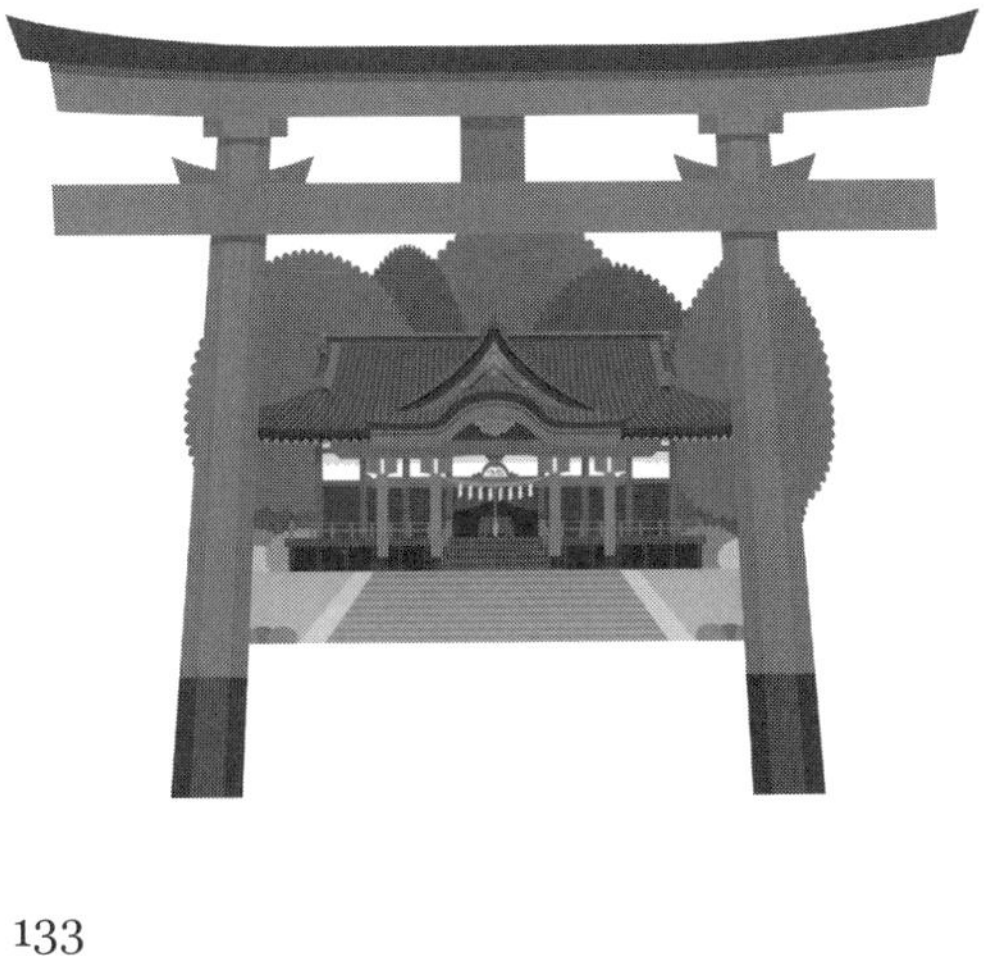

石をくわえてその箱の上に乗って落としてみた。「チャリン」、と音がしたので満足《まんぞく》げにつぶやいた。

「なんか入れたし、これでよし。きっと綾乃《あやの》さんの手術《しゅじゅつ》、成功《せいこう》するよね」

こうして綾乃《あやの》さんのことだけ考えておがんでいると、心が落ち着いた。

あっ、だれかがこっちをあかりでてらしている。あの人は公園をよく通る神社の神主様だ。目を丸くして、ぼくのおまいりしているのを見つめているようだ。あいさつしておこうっと。

「ニャニャッ、(こんばんは、チャトです)」

「猫がおまいりに来るなんて！　この小柄《こがら》な茶トラ猫は、O公園に住む猫だ。公園を通るとき、休憩所《きゅうけいじょ》の台の上に乗っているのをよく見かける。金色の美しい毛並《けな》みが目をひくからな」

神主様、何かひどくおどろいているみたいだけど、ぼくのこと知ってるみたい。

神主様の後にくっついていた白猫が、ぼくのところによってきて声をかけた。

「やあ、猫が神社に何しに来たの？」

「あっ、はじめまして、白猫さん。ぼくはチャトといって、O公園でくらす猫です。ぼくの大好《だいす》きな人が病気になったので、早く治るようにおまいりしているの。おまいりするとねがいがかなうんでしょ？」

「そうだよ。人は神様を信《しん》じておまいりに来てくれる。でも、猫が来るのは初めてだから、びっくりした。神様にチャトのねがいが通じて、その人きっと治るよ」

「ありがとう。神社に猫さんがいてよかった。ところで、白猫さんの名前は何ていうの？」

「私の名前はレオ、英雄《えいゆう》だった白いライオンと同じ名前をつけてもらったんだ」

「レオさんね、強そうでいい名前」

レオという白猫は、ほこらしげに話を続けた。

「私は生まれてまだひと月という小さいときに、神社の境内《けいだい》にすてられていたらしい。神主様がすぐに見つけてくれ、白猫は神社の守り神になるからと言って、レオと名づけてくださったの。神主様もおまいりに来る人も、とてもかわいがってくれるのさ」

「神主様はやさしい人だね。でも、レオさん、猫の友だちがいなくてさみしくないの？」

「い～や、春になると、私に会いにくるメス猫もたくさんいるんだよ」

レオはウインクしてみせた。

「ふう〜ん、レオさんはもてるんだ」
ぼくはレオとも友だちになったので、おまいりするのも楽しくなったのだ。

二回目の満月《まんげつ》になったが、まだ綾乃《あやの》さんは退院《たいいん》していない。今日は、三月二十三日のはずだ。ぼくは綾乃《あやの》さんをひたすら待った。一日、一日とすぎるにつれ、月の欠《か》けてくることがおそろしかった。なぜなら、月の形が半月になるとピコさんがむかえに来て、公園を去らなければいけないからだ。

お月さまが半月に近づいた日、ようやく綾乃《あやの》さんの姿《すがた》が見えた。けれども、遠くから見ても、ずいぶんやせて歩くのもしんどそうだ。

ぼくは「ニャオ〜ン」、と大きな声で鳴きながら綾乃《あやの》さんをむかえに出て、足元にまとわりついた。綾乃《あやの》さんがベンチにこしかけると、綾乃《あやの》さんの手にぼくの額《ひたい》を何度もこすりつけて、体じゅうでよろこびを表現《ひょうげん》した。

「チャト、長いこと来られなくてごめん。私のこと、待っててくれたのね。また、これから毎日来られるから。まだ体はいたいけど、病気が治ったから安心して」

綾乃《あやの》さんのうれしそうなようすから、綾乃《あやの》さんの命が助かったことがわかったので、涙《なみだ》がこぼれ落ちそうなくらいうれしかった。

ピコさん、ありがとう。ぼくの大切な人を治してくれて……。

神社の神様もありがとう。ぼくの願《ねが》いをかなえてくれて……。


次の日も、ぼくは綾乃《あやの》さんと会うことができた。だが、いよいよお月さまは半月になり、今日がお別《わか》れの日だ、と心の準備《じゅんび》をした。

昼前にやって来た綾乃《あやの》さんを前にして、いつも通りごはんを食べ、毛づくろいをし、ひざの上でゴロゴロのどを鳴らした。綾乃《あやの》さんは、ぼくのくつろぐようすをやさしく見つめ、何回もなでてくれた。

綾乃《あやの》さん、長い間ぼくをかわいがってくれて、本当にありがとう。早く元通り、元気に走り回れるようになってね。お空から見守っているよ。

わかれのつらさより、綾乃《あやの》さんの命を助けられたというよろこびが、胸《むね》いっぱいに広がっていった。これでもう、思いのこすことはない。

「さようなら、大好《だいす》きな綾乃《あやの》さん」

ぼくは晴れ晴れとした気持ちで、帰って行く綾乃《あやの》さんの後ろ姿《すがた》を見送った。

今夜は月がちょうど半分の形。ピコさんがむかえに来て、星の世界へ旅立つ夜。

ぼくは息をひそめて、ロケットの到着《とうちゃく》を待った。しばらくの間、ドキドキしながらお空を見つめていたのに、ロケットの来る気配《けはい》すら感じられない。気をはりつめて待つのにつかれきったので、おうちに入ってねることにした。

たしか今日のはずなのに、何かの用事でおくれているのだろうか？　奇妙《きみょう》に感じたが、待つしかない。けれども、よく日は綾乃《あやの》さんに会うことはできないと思い、夜まで神社にかくれることにした。綾乃《あやの》さんの顔を見ると、気持ちがゆらぎそうでこわかったのだ。

ぼくがひっそりとした神社のはしらのかげで丸くなっていると、レオが近づいて来た。

「チャトじゃないか。どうして今日はかくれているの？」

「事情《じじょう》があって、公園にいられないの。夜になるまで、ここにいてもかまわない？」

レオは、ぼくを小さな物おき小屋に案内《あんない》してくれた。

「だれも来ないから中に入っていればいいよ」

心細かったぼくは、レオの気づかいにほっとした。

「ありがとう、レオさん。しばらく、ここにいさせてください」

ぼくは小屋でじっと身をひそめ、やきもきしながら夜の来るのを待ち、また公園の自分のすみかにもどった。ひと晩《ばん》待っても、やはりピコさんは来なかった。

ぼくは夜の明ける前に神社へもどり、再び小屋の中にかくれた。考えてもわからないことだらけだ。気をまぎらわそうと、昼間はレオといっしょに、神社をおとずれる人の案内《あんない》係《がかり》をした。神主様がレオとぼくの二匹分のごはんを用意してくれた。

次の夜もピコさんはとんで来ない。お月さまがどんどん欠《か》けてくる。

ぼくは追いつめられた気がしてきた。もうあともどりできない。

ピコさんを待って四日め、きれいな三日月《みかづき》になったお月さまを見て、ぼくの頭はパニックになった。いてもたってもいられないほどあせっていた。

ピコさん、なぜ来ないの？　約束《やくそく》したのに、もう待てないよ。何かあったのかも……。

そうだ！　Y町へ行って、ゴンに聞いたら何かわかるかもしれない。だって、ゴンのパパは二月二十二日に、ロケットで星の世界へとんでいったもの。そのパパが帰っているはずはないと思うけど、ゴンたちのようすを見に行こう。

夜明けとともに、ぼくはゴンたちのいる広場に向かった。心を落ち着かせようと、一歩一歩しのび足で進む。

「ゴン、いるかい？　チャトだよ。急いでたずねたいことがあるの」

ねむい目をこすりながらゴンが出てきたので、おそるおそる聞いた。

「ゴン、パパは見つかった？」

すると、ゴンが目をまん丸にして答えた。

「パパは、ぶじに帰って来たよ。一ヶ月の間、みんなでそこらじゅうさがしても見つからなかったのに、一週間前の朝、パパはいつものねぐらでぐっすりねむってたんだ」

「ええっ、ひと月るすにして、帰って来たって！」

ぼくは、のどから心臓《しんぞう》がとびだしそうなくらいおどろいた。

「パパは二、三日ぼんやりしたまま動けなくてたいへんだった。どこで何をしていたの、と聞いても答えられないし、オイラのおくさんのこともおぼえていないんだ。あたりをキョロキョロ見わたしては、何かにおびえているようすなの。体もふっくらしているし毛並《けな》みもきれいだから、みじめなノラ生活を送っていたのではなさそう。今、むこうのすみで休んでいる。そうそう、となりのS町の友だちも、いなくなった茶トラ猫が帰って来たってよろこんでいたよ」

「どこへ行ってたか、おぼえていないって！　と、とにかくパパに会わせて……」

いったいどうなってるの？　気がくるいそう。

体じゅうの力がぬけ腰《こし》をへなへなしながら、何とかパパのいる所まではたどり着いた。体を起こして、パパに向かっておじぎした。

パパはぼくを見るとビクッと体をふるわせ、しばらく考えこむようにうつむいた。再《ふたた》びぼくの方を見上げて言った。

「茶トラ猫……。前に会ったことある？」

「はい、ゴンの友だちのチャトです。何度かお会いしています」

「すまないが思い出せない。自分はずっとここにいたつもりなのに、まわりじゅうが変わっているんだ。ゴンたちはまだ幼《おさな》い子どものはずなのに、四才近い大人の猫になっている。ひと月の間どこへ行っていたのかも、この三年間のことも全くわからないんだ」

パパはうつろな目をして、弱々しい声をしぼり出した。

「チャト、せっかく来てくれたのにごめんね。パパは何もおぼえていないの。ずっとこんな調子でぼんやりしたままなの。でも、こうやって帰ってきたんだから、これから時間がたてば必《かなら》ずよくなるわ。パパがケガひとつせずぶじにもどってくれたから、涙《なみだ》が出るほどうれしいのよ」

パパの横に、ゴンのママがぴったりとよりそって看病《かんびょう》していた。

ゴンの話とパパの言葉によって、すべてのなぞが一つの線上につながった。

ピコさんが来ないこと、ゴンのパパが帰ってきたこと、ここ三年の記憶《きおく》を失っていること。——プロジェクトに何か不都合《ふつごう》なことが起きたから、猫たちは星の世界から返された。そのとき、ピコさんに会ってからの記憶《きおく》をすべて消されてしまった——というところまでは、頭をめいっぱい働《はたら》かせて推測《すいそく》することができた。

何てことだろう！　ピコさんはもう来ないし、ぼくはお空へ行かなくてもいいんだ。この四日間、ピコさんを待ってお空に行くことだけを考えていたぼくは、思いがけないプロジェクトの中止を知って、全身を雷《かみなり》に打たれたような衝撃《しょうげき》を感じた。これから先、ぼくはどうしたらよいの？　あんなにつらい思いをして星の世界へ行く決心をしたのに……。

目の前がぼうっとかすんで、めまいがした。天と地がひっくり返って見えた。ぼくは、ゴンたち家族にあいさつすることもわすれて、その場をはなれた。帰ろうとしたのだが、体じゅうの力がぬけていたので、ふらふらと木の葉がゆれるようにさまよっている気がした。ぼくは無意識《むいしき》のうちに公園を通りぬけ、神社の階段《かいだん》を上り、足が勝手《かって》に物おき小屋の方へと進んでいった。

「チャト、またもどってきたの。顔がまっ青でよろよろ歩いているし、どうしたの？」

レオのびっくりしたような声が聞こえてきた。だが、ぼくは夢《ゆめ》の中をはいつくばっているようで、目の前がぼんやりしている。そのまま小屋の中にへたりこんだ。

頭の中がまっ白で、うれしいのか悲しいのか、自分でもさっぱりわからない。ぼくの頭と心から、いっさいの感情《かんじょう》が消え去っていた。

お星さま、ピコさん……、何だっけ？

さっきまで、プロジェクトのなぞときに小さな頭脳《ずのう》を使いはたしたぼくには、もう一ミリ分の考える能力《のうりょく》さえのこっていなかった。

小屋の中で横になったとたん、ぼくは心も体もひどくつかれきって、意識《いしき》が遠のいていった。

四月五日の瀬戸内新聞《せとうちしんぶん》のかたすみに、次のような記事がのった。

〔奇跡《きせき》の生還《せいかん》 ――― お帰りなさい、茶トラ猫〕

二月二十二日から各地で失そう中だった数百匹の猫が、三月二十七日ごろにそれぞれ元の居場所《いばしょ》にもどってきたようだ。

A島では、船着場《ふなつきば》に十匹の茶トラ猫がひとかたまりになってねむっているのを、漁師《りょうし》が見つけた。ネットの《茶トラ猫、失そう掲示板《けいじばん》》にも、猫が消えたことを書きこんできた人たちの全員が、猫が帰ってきたというよろこびの声をよせている。

それらの書きこみに共通していることは、猫の奇妙《きみょう》なようすについてである。

それは、――― 外見は全身がピカピカに輝《かがや》き、ノラ猫には見えないこと。しかし、内面はまるでたましいをぬかれたように、うつろな表情《ひょうじょう》であること。まわりにいる猫や人にもおびえて、落ち着かないようすがずっと続いていること　――　である。

猫たちは約一ヶ月の間、どこにいて、何をしていたのだろうか？

人には見えないＵＦＯのような物で連れ去られ、宇宙船《うちゅうせん》の中で、何かの実験《じっけん》にでも使われていたのだろうか？

なぞは永久《えいきゅう》にときあかされることはないだろう。しかし、すべての猫がぶじに、元の居場所《いばしょ》にもどってこられたことは奇跡《きせき》である。

帰ってきてくれて、ありがとう。

二十一、綾乃《あやの》の決心

ガンという病気が、何の前ぶれもなく綾乃《あやの》におとずれた。

二月の終わりごろ、精密検査《せいみつけんさ》でガンが見つかり、綾乃《あやの》はお医者様からすぐに手術《しゅじゅつ》を受けるよう言われた。それは、まるでテレビドラマの一場面を自分が演《えん》じているような感じで、現実《げんじつ》に自分の身に起こっていることだとは思えなかった。なぜなら綾乃《あやの》にとっては、ガンになるような原因《げんいん》も思いあたらず、自覚症状《じかくしょうじょう》も全くなかったからだ。

綾乃《あやの》は初め（あっ、そう。私ガンになってたの）、という軽い感じで受けとめた。だが、家族の顔を思いうかべると、さすがに気持ちが重くなった。陽菜乃《ひなの》はまだ中学二年生だ。一年後には高校受験《じゅけん》があり、その先も母親がずっと元気でいないとこまるだろう。

綾乃《あやの》は病院《びょういん》からの帰り道、ガンが見つかったいきさつをふり返ってみた。

――あの日、チャトに会って公園から帰ったとたん、高熱《こうねつ》と腹痛《ふくつう》におそわれて病院《びょういん》へかけこんだ。そこで血液検査《けつえきけんさ》、ウイルス検査《けんさ》、健康診断《けんこうしんだん》を受け、精密検査《せいみつけんさ》へと進んだおかげでガンだとわかった。幸いにも、まだ初期《しょき》だということだ。もし病院《びょういん》に行っていなかったら、自覚症状《じかくしょうじょう》が出るまで何も気づかなかっただろう。気づかないうちにガンはどんどん進行して、二、三年後、手おくれで死んでいたかもしれないのだ。

――そう考えると、背すじがぞっとこおりついた。

けれども、何かに守られているような不思議《ふしぎ》な感覚《かんかく》が、ガンというおそろしい病気におびえる気持ちをかき消してくれた。綾乃《あやの》は、絶対《ぜったい》に治《なお》るという強い気持ちをもった。

手術《しゅじゅつ》はぶじ終わり、二週間で退院《たいいん》した。家では、飼い猫のチョコが首を長くして待っていた。入院中《にゅういんちゅう》は毎晩《まいばん》、綾乃《あやの》が帰ってこないかと、夜になるとそわそわしていたらしい。

二週間ぶりに公園に行くと、やはりチャトも待っていたらしく、うれしさを体じゅうで表現《ひょうげん》してくれた。あんなにあまえてよろこんでいるチャトを見て、綾乃《あやの》は退院《たいいん》できてよかったと心から思った。これからも大好《だいす》きなチャトの世話をできることは、幸せなことだと思った。

その後、ガンのステージはⅠでリンパ節《せつ》への転移《てんい》もなく、ほぼ完治《かんち》したことをお医者様からつげられた。転移《てんい》の心配《しんぱい》もないし、抗《こう》ガン剤治療《ざいちりょう》も必要《ひつよう》ないということだ。

お医者様の言葉を聞いて、綾乃《あやの》は世の中すべてのものに感謝《かんしゃ》したい気持ちになった。

――私はなんて運がよかったの！　知らないうちにガンになり、あっという間に治ってしまった。手術《しゅじゅつ》を終えても、つらいガンの治療《ちりょう》を続けなければならない人がたくさんいるのに……。しばらくはお腹《なか》が重くていたいけど、二ヶ月もすれば元通り運動もできるわ。やっぱり何かが自分を守ってくれたにちがいない。――

三月三十一日の夜、綾乃《あやの》はすっきりとした気分でパソコンを開き、入院中《にゅういん》は見られなかったお気に入りの猫ブログを、ゆっくりと見ることにした。

O公園の猫の写真をときどきのせてくれるブログのあることを最近知《さいきん》ったので、そのブログもひさしぶりに見ることができた。綾乃《あやの》はそのブログの中で、チャトが台の上でちんまりと箱座《はこすわ》りをしている写真を見つけた。写真の下に、〈H神社のホームページに〈神社へおまいりに来る猫〉というタイトルでこの猫の動画がアップされている。ぜひ見てほしい〉、と書かれていた。

チャトが神社へおまいりって何かしら？

綾乃《あやの》は胸《むね》の高鳴りを感じながら、急いでH神社のホームページを開いた。

〈神社へおまいりに来る猫〉の動画は、さいせん箱の前に立つチャトが、ライトにてらされるところから始まった。チャトが長いなわにとびつき、鈴《すず》を鳴らした。そして、二本の前足を上げてもむようにこすり合わせ、真剣《しんけん》な顔つきでおじぎをするようすがうつされていた。

画面の下に解説《かいせつ》が流れてきた。

〔この猫は、神社のすぐ下にあるO公園でくらす茶トラ猫だ。一週間前から毎晩《まいばん》、階段《かいだん》をかけ上ってきて、神妙《しんみょう》な顔つきでおがんでいる。いったいだれのために、何をいのっているのだろう。仲間《なかま》の猫のためなのか、それとも自分をかわいがってくれる人のためなのか？　いちずでけなげな猫の姿《すがた》には胸《むね》をうたれる。どうか猫のおいのりのかなうことをねがいたい〕

綾乃《あやの》は息をのんで、もう一度、動画を見直した。涙《なみだ》があふれてきて、画面がかすんだ。

少し気持ちが落ち着くと、いろいろな考えが頭にうかんできた。

――ビデオの日づけの一週間前といえば、私が入院《にゅういん》した日だ。チャトがその日から、毎晩《まいばん》おまいりしていた！　だれのためって、私のためとしか考えようがないわ。チャトは私の入院《にゅういん》中、病気の治ることをおいのりしてくれたのね。

でも……、なぜ、チャトは私の病気のことを知っていたのかしら？　自分でも全く気づかなかった病気が、どうしてチャトにだけわかったの？

もし、チャトが私のことなら何でもわかるとしたら……。

チャトに話しかければ、わかるんだよ～、と得意《とくい》げな顔でニャアニャアあいづちを打ってくれる。また、私が落ちこんでいるようなときは、あまえてきて私をなぐさめてくれる。そう、チャトは私のことが大好《だいす》きだから、不思議《ふしぎ》な能力《のうりょく》を持ったにちがいない。それで、チャトは私の病気に気がついた。熱《ねつ》を出す前の日、チャトのしぐさは不自然《ふしぜん》でおかしかった。体をのばしたり胸《むね》をくねくねしたり、大声でニャオニャオ鳴いていた。いつもとちがう鳴き方をして、病気のことを私に知らせようとしたのではないだろうか。次の日、チャトが神様におねがいをして、私を病院《びょういん》に行かせたのだとしたら……。信《しん》じられないようなお話だけど、動画の中のチャトからは、必死《ひっし》の思いがつたわってくる。

私の病気を見つけてくれたのは、チャトだ！　運でも偶然《ぐうぜん》でもない。ずっと私を守ってくれていたのは、チャトだった。

私にとってチャトは心のささえであり、なくてはならない存在《そんざい》だった。それはきっとチャトも同じはず……。目に見えないきずなが強くなって、私の命がすくわれたのではないかしら。——

チャトは命の恩人《おんじん》なのだから、もうはなれているのはたえられない。チャトを家に連れて帰ろう、と綾乃《あやの》はついに決心した。すぐに公園猫のボランティアたちにも話し、みんなの了解《りょうかい》をもらった。陽菜乃《ひなの》も大賛成《だいさんせい》でよろこんでくれ、大急ぎでチャトを家にむかえる準備《じゅんび》をした。

綾乃《あやの》はキャリーケースを手に持ち、「チャト、チャト」と大声でよびながら四日間、チャトをさがし続けた。日曜日は陽菜乃《ひなの》もいっしょにさがし回った。けれども、公園じゅうさがしてもチャトは見つからなかった。

「チャト、どこにいるの？　公園の外に出かけているのかしら？　絶対《ぜったい》にもどってくるはずだから、毎日さがそう」

二十二、さよなら、公園猫

ぼくはうす暗い夜明け前、ようやく目ざめた。目を開けると、神社の猫のレオがぼくの顔を心配《しんぱい》そうにのぞきこんでいた。

「死んだようにねむっていたけどよかった、目をさましてくれて……。心配《しんぱい》だったから、ときどき見に来てたんだ」

「レオさん、ぼく……、どうして神社でねむってしまったのかな？　頭がひどくぼんやりして、きのうのことが思い出せない」

「チャトはきのうの朝早くここへ来て、そのまままたおれるようにねむりこんだんだよ。顔が青ざめてふらついていたから、何があったのかと心配《しんぱい》だった」

「そうだったの？　じゃあ丸一日、ねむってたのか。もう少し休んでしゃんとしたら、公園に帰るから。レオさん、いろいろお世話になってありがとう」

レオはほっとしたように、自分のねぐらへもどっていった。

昨日の朝、たしかゴンのところへ行って……、そのとき……、思い出せ……。

やっとのことで、まず思い出したのが、ゴンのパパのひどく落ちこんだ姿《すがた》だった。

そうだ！　お空へ行った猫たちが帰っていた。そして……、もう、ピコさんはむかえに来ないことがわかった。それで何が何だかわからなくなって、また神社にもどってしまった。頭の中がからっぽになって、そこから何もおぼえていない。

あっ、たいへん！　ぼくのパパのことをわすれてた。N公園へもどったパパはどうしているだろう。

一度だけ、夢《ゆめ》の中で会ったパパは、おだやかそうな猫だった。そのパパが記憶《きおく》を失い、体を丸めてうつろな表情《ひょうじょう》をしている姿《すがた》が目にうかんだ。

結局《けっきょく》、パパには会えなかった。でも今ごろはきっと、ママがパパによりそってはげまし、パパを立ち直らせているにちがいない。ひと月の間、行方《ゆくえ》の知れなかったパパが帰ってきて、ママはどんなによろこんでいるだろう。

よかった！　みんな、星の世界からぶじに帰っていた。

「そうだ、よかったんだ！　ぼくはもう、お空に行かなくていいんだ」

止まっていたぼくの思考回路《しこうかいろ》が再《ふたた》び動き出した。きのうのできごと、公園をはなれたくなくて思いなやんだこと、この三年間のことがあざやかによみがえってきた。

このとき、自分の体じゅうにあたたかい血がどくどくと流れ、心臓《しんぞう》がおどるように波打《なみう》つのを感じた。それは、今生きていることの証《あかし》だった。

お空を見上げると、山ぎわが黄金色《おうごんいろ》にそまり始め、星がすべて消えていた。

「もう、星にはならない。ぼくは生きているし、これからもここで生きていく」

突然《とつぜん》、ぼくは神社じゅうをかけまわった。もうダッシュしてコロリと横になり、またもうダッシュしてハイジャンプする。

「ニャオ〜〜ン、ウオ〜〜ン。（もうぼくは自由だ。自由に生きられる）」

ぼくは公園を見下ろして、何度も大声でおたけびをあげた。胸《むね》の中では、よろこびの感情《かんじょう》が爆発《ばくはつ》していた。


神社の長い階段《かいだん》を下りるうち、ぼくの胸には希望《きぼう》と生きる勇気《ゆうき》がわきあがっていた。

元にもどるのではない。今日から新しい自分になる。この三年間、経験《けいけん》したことすべてがぼくの宝物《たからもの》だ。星になるという夢《ゆめ》があったからこそ、ぼくは公園猫として成長できたし、強くなれた。たくさんの苦しみ、悲しみものりこえられた。そして何より、綾乃《あやの》さんと心が通じ合うようになり、病気を見つけてあげられた。

そう考えたとき、ぼくはピコさんに心から感謝《かんしゃ》した。

ピコさん、ぼくの記憶《きおく》を消さないでくれて、ありがとう。綾乃《あやの》さんを病気からすくってくれたお礼、ピコさんに会ったらちゃんと言おうと思っていたのに、もう会えない。ぼく

はこれからも強くまっすぐに生きていくから、お空から見ていてね。

朝日がさしこみ始めた公園に、ぼくは新たな夢を胸にいだいて帰ってきた。

ちょうど満開《まんかい》になった桜《さくら》が、ぼくをむかえてくれた。朝日をあびてピンク色に輝《かがや》く桜に、しばらくの間うっとりと見とれていた。

わあ、なんてほんのりとした美しい色なの！　地上は美しい自然《しぜん》にあふれ、やさしい心をもつ人や猫がいっぱいいいる。この美しい公園で、本当の幸せをつかもう。

ぼくの心はときめいて、ピンク色にそまった小道をふわふわと歩いていた。


ボス猫のコテツさんとタビちゃんが、桜の木の下を歩くぼくを見つけて近づいてきた。

「チャト、何していたんだ。何日も公園をるすにして」

コテツさんのきょうれつなネコパンチが、ぼくのおでこに命中した。後にころがって降参《こうさん》のポーズになったぼくのお腹《なか》を見て、タビちゃんがゲラゲラわらいながら言った。

「チャトの体、ほこりまみれできたないぞ。どこほっつき歩いてたんだ？　ここ数日、花見のお客さんがたくさん来て、猫たち大いそがしさ。去年から、猫が桜の下にいると絵になると言われ、ひっぱりだこだったじゃないか。桜をバックに写真に入ったり、花見の席《せき》によばれて猫の芸《げい》をひろうしたりと、休む間もなく相手してたんだぞ。おっさんから肉球《にくきゅう》をギュッとにぎられて、酒《さけ》くさいったらありゃしない」

「ごめんなさい。ずっと考え事していたので、神社にこもっていました」

「チャト、花見のことはいいんだ。でも、自分の大切な人を悲しませたらだめだよ。綾乃《あやの》さんが毎日、『チャト、チャト』って大声でよびながらさがし回っていたよ。今日も来るにちがいないから、早く元気な顔を見せてやれ。毛並《けな》みもきれいにととのえるんだよ」

コテツさんのさとすような口調《くちょう》にはやさしさがあふれていたが、目元はひどくさみしそうに見えた。自分の体を見ると、神社をかけずり回ったせいで、すなとほこりにまみれている。

ぼくがせっせと体をなめていたら、ミルクがやって来て毛づくろいを手つだってくれた。

「ありがとう、ミルク。ぼくが小さいとき、いつもやさしく毛づくろいしてくれたね」

気持ちよくなってとじていた目を開けると、ミルクの目に涙《なみだ》があふれている。

「ミルク、何か悲しいことでもあったの？」

「ううん、桜の花びらが目にしみたのよ。チャトはいつもかわいくて、私の本当の弟のようだった。こうして毛づくろいしていると、小さいときを思い出すわ。でも、今日が……。チャト、今日の満開《まんかい》の桜の美しさ、わすれないでね」

「うん、今日はぼくにとっても特別《とくべつ》な日だから、ずっとおぼえているよ。来年も桜、いっしょに見ようね」

ミルクの目から大つぶの涙がこぼれ落ちたので、ミルクはあわてて前足で目をこすった。

「ニャオ〜ン」、とコテツさんが大きな声で鳴くと、公園じゅうの猫たちが、あちこちからぼくのまわりに集まってきた。みんな笑顔《えがお》でぼくを取りかこみ、桜並木《さくらなみき》の下をおどるようにねり歩いた。ぼくはみんなにかこまれて、はにかみながら幸せな気持ちで歩いた。

タビちゃんの「ニャニャニャン」、の前奏《ぜんそう》を合図に、O公園の歌を合唱《がっしょう》した。

「ここは　桜の名所　O公園
猫が　お客を　おもてなし
猫たち　みんな　仲よしさ
いつも　平和な　O公園
ぼくたち　陽気《ようき》な　公園猫
いつも　笑顔《えがお》が　あふれている
人と　猫とも　仲よしさ
猫たちの　ほこり　O公園」

「さあ、今日もいそがしくなるぞ。花見客のおもてなし、がんばろう」

コテツさんがみんなによびかけると、猫たちはそれぞれの持ち場にちらばっていった。

ぽつんと取りのこされたぼくの胸に、ばくぜんとした不安がよぎった。一番大切な綾乃《あやの》さんのことをわすれてしまうほど、きのうからたいへんなことが起こりすぎていた。

綾乃《あやの》さん、まだ歩くのもつらそうな体で、ぼくのことをさがしまわってくれていたのね。それなのに、ぼくは自分のことしか考えていなかった。何日もるすにしたこと、おこっているかな？　でも、これからはずっといっしょにいられることが、うれしくてたまらない。もう、どこにも行かないよ。

ぼくは、いそいそと休憩所《きゅうけいじょ》のある広場にもどった。

ぼくはそわそわしながら、綾乃《あやの》さんの来るのを待った。胸がドキドキする。

綾乃《あやの》さんの姿《すがた》をとらえると、ぼくはパッと瞳《ひとみ》を見開き、大きくしっぽをふった。

綾乃《あやの》さんはいつも通り笑顔《えがお》でぼくに近づいたが、次の瞬間《しゅんかん》顔がくしゃくしゃになった。

綾乃《あやの》さん、ごめんなさい。心配《しんぱい》かけて……。

心の中であやまりながら、上目づかいで綾乃《あやの》さんにすりよったとき、綾乃《あやの》さんはいきなりぼくをつかまえた。

「チャト、やっと帰ってきてくれた。私のために毎晩《まいばん》おまいりしてくれて、本当にありがとう。病気がこんなに早く治ったのも全部チャトのおかげよ。だから、これからはずっと私のそばにいてほしい。陽菜乃《ひなの》も待っているわ」

ぼくは身動きが取れなくなったので、どうしてよいかわからず、おとなしく綾乃《あやの》さんのうでにだかれていた。なぜか、自分の運命がまた大きく変わる予感《よかん》がした。

綾乃《あやの》さんは、ぼくをだいたまま車のところまで歩き、車の中からキャリーケースを取り出して、ぼくをその中におしこめた。

キャリーケースって、犬がおうちに帰るときに入るものでしょ？　ぼくの生きる場所は、もうこの公園ではないの？

そんな不安な気持ちが一瞬胸《いっしゅんむね》にわきあがったが、すぐに消えていった。綾乃《あやの》さんの手にゆだねられた運命にしたがおう。綾乃《あやの》さんは、ぼくの守り神なのだから。

ぼくの心がすき通るように感じたとき、去年の夏に一度だけ夢《ゆめ》見た光景《こうけい》――綾乃《あやの》さんのおうちで自分が幸せそうにくらしている姿《すがた》――がまぶたにうかんだ。

ぼくはキャリーケースの中から、瞳《ひとみ》をいっぱいに広げて綾乃《あやの》さんを見上げた。

「ニャ、ニャッ。（ぼ、ぼく、綾乃《あやの》さんのおうちに行くの？）」

綾乃《あやの》さんは、うん、うんと首をたてにふって、こぼれんばかりの笑顔《えがお》にもどった。

「チャト、私のおうちへいっしょに帰りましょう。何も心配《しんぱい》しなくていいのよ」

車は公園の桜並木《さくらなみき》にそって、出口に向かってゆっくりと進んだ。ぼくは車の中で「ニャッ」と小さな声をあげて、けさのできごとを思い起こしていた。

朝、猫たちは花道を行進して、ぼくのことを送り出してくれた。コテツさんもミルクもみんな、ぼくが公園を去ることを知っていたんだ。

大切な仲間《なかま》たち、ありがとう。みんなに助けられ、とても楽しくすごせた公園での日々は、ぼくの宝物《たからもの》。みんなのことは、決してわすれない。

さよなら、公園。
さよなら、公園猫。
これからは綾乃《あやの》さんのおうちで、大好《だいす》きな人といっしょに生きていこう。
たくさんの思い出を胸に、ぼくは生まれ育った美しい公園を去っていく。
桜吹雪《さくらふぶき》が美しく舞《ま》い、ぼくの門出《かどで》を祝《いわ》ってくれている。

ママ、ギン、そしてピコさん。
ぼく、これからも強く生きていく。
ずっと幸せにくらすから。

あとがき

ただの「ねこおばさん」の書いたお話を最後《さいご》までお読みいただき、ありがとうございます。初めて書いた小説が長編《ちょうへん》になり、本として出版《しゅっぱん》できる。私の人生でそんな大それたことが起きるとは、五年前まで思いもしませんでした。

チャトと出会ったのは、二〇〇八年の夏の終り。チャトは、おく病で人になつかない子猫《こねこ》でした。この物語に出てくる猫たちは、みんなチャトといっしょに公園でくらしていました。特にクロミというおばさん猫は、ママのいなくなったチャト兄弟によりそい世話をしてくれました。兄のギンがいなくなった後、チャトは公園猫として成長し、六年近くの日々を精一杯《せいいっぱい》生きていました。

「チャトは天にのぼってお星さまになり、天の川できらきらと輝《かがや》いているのだ」、との思いから、チャトのお話を書こうと作品づくりが始まりました。どんな場面にしようか考えにつまったとき、チャトが出てきて何度も手助けしてくれました。「こう書いてよ」、と言ってお話をスムーズにつなげてくれました。チャトはいつまでもいい子で、私の心の中で生きています。二〇一二年、知らないうちにガンになり、あっという間に治ってしまったのは、本当にチャトのおかげだったのかもしれない、と今思っています。いえ、チャトだけでなく飼い猫だったチョコも、私を病院《びょういん》へ行かせ、病気になっていることを教えてくれたのかもしれません。そのときお世話になりました病院《びょういん》の先生方には、心より感謝《かんしゃ》しております。ありがとうございました。

さて、初めの構想《こうそう》では、チャトは綾乃《あやの》の命を救《すく》ったあと、約束《やくそく》どおりお星さまになるという結末《けつまつ》でした。ところが、三分の一ほど書き進んだある日、社会面にのった新聞記事を読んで衝撃《しょうげき》を受けます。それは、ある中学生の女の子が、いじめを苦《く》に自死したというものでした。地元の大津でも九年前、中学二年生の男の子が自死し、全国ニュースで大きく取り上げられたことがありました。中高生が（もしかして小学生までも）いじめを苦に、いったい年に何人、貴《とうと》い命を落としているのでしょう。いじめに関する新聞記事を見るたび胸《むね》が痛《いた》みます。仕事で約三十年間、中高生とかかわっているので、学校でのいじめに苦しむ子がいなくなりますように、と日々願っています。

このような思いから、チャトは生きて幸せを手に入れるべきだと考え、結末《けつまつ》を大好《だいす》きな綾乃《あやの》さんのお家でくらせるようにと変更《へんこう》しました。

私はこの物語を通して、子どもたちに命の大切さを伝《つた》えたいのです。この世で命ほど貴《とうと》いものはありません。一人一人、生きている意味があるのです。ですから、「強く生きてほしい」というメッセージをこめたのですが、伝《つた》えることができたでしょうか？

子どもたちがのびのびと楽しい学校生活を送れますように、そして輝《かがや》く未来《みらい》に向かって健《すこ》やかに成長できますように、と心から願っています。

お星さまを夢見た公園猫

チャトの物語

二〇二一年五月三十日　初版第一刷発行

著　者　板川文子
発行者　谷村勇輔
発行所　ブイツーソリューション
〒四六六・〇八四八
名古屋市昭和区長戸町四・四〇
電　話　〇五二・七九九・七三九一
ＦＡＸ　〇五二・七九九・七九八四
発売元　星雲社（共同出版社・流通責任出版社）
〒一一二・〇〇〇五
東京都文京区水道一・三・三〇
電　話　〇三・三八六八・三二七五
ＦＡＸ　〇三・三八六八・六五八八
印刷所　モリモト印刷

ISBN978-4-434-28843-2